Haruki Murakami

人造卫星情人

[日]村上春树 —— 著
赖明珠 —— 译

上海译文出版社

SUPUTONIKU NO KOIBITO
By Haruki Murakami
Copyright © 1999 Harukimurakami Archival Labyrinth
All rights reserved.
Originally published in Japan by Kodansha Ltd., Tokyo.
Chinese (in simplified character only) translation rights arranged with
Harukimurakami Archival Labyrinth, Japan
through THE SAKAI AGENCY and BARDON CHINESE CRATIVE AGENCY LIMITED.

本书中译本由时报文化出版企业股份有限公司委任英商安德鲁纳伯格联合国际有限公司代理授权

图字：09-2022-1010号

图书在版编目（CIP）数据

人造卫星情人 /（日）村上春树著；赖明珠译.
上海：上海译文出版社，2024.9（2025.1重印）.
ISBN 978-7-5327-9620-5

I.I313.45
中国国家版本馆CIP数据核字第20243VB064号

人造卫星情人
[日] 村上春树/著　赖明珠/译
总策划 / 冯涛　责任编辑 / 吴洁静　装帧设计 / 柴昊洲　封面插画 / Cici Suen

上海译文出版社有限公司出版、发行
网址：www.yiwen.com.cn
201101 上海市闵行区号景路159弄B座
山东韵杰文化科技有限公司印刷

开本 890×1240　1/32　印张 6.5　插页 5　字数 113,000
2024年9月第1版　2025年1月第2次印刷
印数：7,001—10,000 册

ISBN 978-7-5327-9620-5
定价：68.00 元

本书中文简体字专有出版权归本社独家所有，非经本社同意不得转载、摘编或复制
如有质量问题，请与承印厂质量科联系。T：0533-8510898

人造卫星Sputnik

  1957年10月4日，苏联从哈萨克共和国的拜科努尔太空基地发射世界第一枚人造卫星Sputnik号升空，直径58厘米，重83.6千克，以96分12秒一周的速度环绕地球飞行。

  次月3日载着莱卡犬的Sputnik 2号也发射成功。这是有史以来升入太空的第一个生物，但因卫星无法收回，而成为太空生物研究的牺牲者。

（摘自讲谈社《世界全史年代记》）

1

22岁的那年春天,小堇有生以来第一次开始恋爱。就像笔直扫过广大平原的龙卷风一般热烈的恋爱。那将所到之处一切有形的东西毫不保留地击倒,一一卷入空中,蛮不讲理地撕裂,体无完肤地粉碎。而且刻不容缓毫不放松地掠过大洋,没有半点慈悲地摧毁高棉的吴哥窟,热风将印度丛林中整群可怜的老虎烧焦,并化为波斯沙漠中的狂沙暴,将某个地方少数民族的城邦要塞都市整个掩埋在沙里。一个壮观的纪念碑式恋爱。至于恋爱对象则是比小堇大17岁的已婚者,再补充说明的话,是一位女性。这是一切事情开始的地方,也(几乎)是一切事情结束的地方。

小堇当时为了成为职业作家而名副其实地正在辛苦奋斗中。这个世界尽管有这么多可以选择的人生途径,但自己应该走的除了小说家之外别无其他的路。这个决心就像千年岩石一般坚硬,毫无妥协的余地。她的存在和文学信念之间,夹不进一丝毫毛的空隙。

小堇从神奈川县的公立高中毕业之后,就进了东京都一家小型私立大学的文艺系。然而那怎么想都不是适合她的学校。那所大学的非冒险性和温室般不实用的——当然是只对她来说不实用的——一切事情的做法都让她打从心底感到失望。周围的学生大半都是无可救药的无聊而平凡的二级品（老实说我也是其中之一）。因此，小堇还没上三年级就干脆休学，从校园消失了。她得到一个结论，在这种地方待下去只有无谓的浪费。我想也是吧。不过如果让我发表一下平凡的一般论的话，在我们这个不完美的人生里，多少也需要一些无谓的浪费。如果从不完美的人生中除去一切无谓的浪费的话，那就连不完美都算不上了。

以一句话来说，她是一个无可救药的浪漫主义者，既顽固执迷又习惯嘲讽，说得好听是不懂得人情世故。一旦开始讲起话来就没完没了，可是遇到不投缘的人（也就是构成世间的大多数人）时却难得开口。烟抽太多，搭电车时总是把车票搞丢。一想到什么事情时，经常有忘记吃饭的倾向，长得像以前意大利电影中出现的孤儿一般瘦，只有一对眼睛却骨碌碌地灵活转动。与其用语言说明，不如眼前有照片可以看，只可惜一张也没有。她极端讨厌照相，而且也没有特别为后世留下"年轻艺术家肖像"的愿望。如果有当时小堇的照片的话，我想那一定会成为有关人类可能拥有某种特质的极难得的记录。

话题扯远了，说到她的恋爱对象，那个女的名字叫作"妙妙"，大家都以这个昵称叫她。本名不清楚（由于不知道本名，所以后来无从查起，我也颇伤脑筋，不过这是以后的事）。以国籍来说是韩国人，不过在她从二十几岁决心开始学韩国话以前几乎一句也不会讲。因为生在日本长在日本，又到法国音乐学院留学，因此除了日语之外还会流利地说英语和法语。经常一身亮丽洗练的穿着打扮，毫不造作地佩戴小而高价的饰品，开十二汽缸的深蓝色捷豹。

第一次见到妙妙时,小堇谈到杰克·凯鲁亚克的小说。当时她正沉迷于凯鲁亚克的小说世界。虽然她会定期更换文学偶像,但当时的对象正好是有些"过气"的凯鲁亚克。她经常在上衣口袋里塞一本《在路上》或《孤独旅者》,一有空闲就拿出来翻。如果看到有意思的一节,就用铅笔在那里作记号,像有用的经文般背下来。其中最打动她心的是在《孤独旅者》里监测山林火灾的事。在孤立的高山顶上一个小屋里,凯鲁亚克正在当山林火灾监测人,孤零零地在山上过了三个月。

小堇引用了其中的一节。

> 人在一生之中应该有一次到荒野里去,经验一下健康却甚至有几分无聊的孤绝。发现自己只能依存于完全孑然一身的自己,然后才会认清自己真实的、隐藏的潜力。

"你不觉得这很棒吗?"她跟我说,"每天站在山顶上,360度俯瞰一圈,确定没有任何山上在冒黑烟。一天的工作只有这个而已。然后就可以痛快地看自己喜欢的书,写小说。到了晚上,毛茸茸的大野熊在小屋周围绕着徘徊。那才真是我所追求的人生。跟这比起来,大学文艺系简直像小黄瓜的蒂头般微不足道。"

"问题是,不管是谁,总有一天都非要下山来不可。"我陈述我的意见。不过她的心依然像平常那样,似乎并没有被我现实而平凡的见解所打动。

要怎么样才能像凯鲁亚克小说中出现的人物一样,变得野性、冷酷而精力过剩呢,小堇伤着脑筋认真思考。她双手插在口袋里,头发故意猛抓得蓬蓬乱乱的,视力并没怎么差,却戴着像迪兹·吉莱斯皮戴的那种赛璐珞黑框眼镜,空虚地瞪着天空。她通常都穿着像从旧衣店买来的松垮垮的粗花呢夹克、粗重的工作靴。如果脸上能长出胡子的话,相信她也一定会留胡子。

小堇以一般标准来说并不算美。脸颊太瘦,嘴巴有点太宽。鼻子小而微微往上翘。表情丰富,喜欢幽默,但几乎没有放声大笑过。个子矮小,就算心情好的时候,说话也一副爱冲撞顶嘴的样子。我想她有生以来大概从来没有拿过一次口红或眉笔之类的。我很怀疑她是不是正确知道胸罩也有尺寸这回事。虽然如此,小堇还是有某种吸引人心的特别东西。至于那是什么样的特别东西,则很难用言语说明。不过盯着她的眼睛看时,总有那种东西反映出来。

我想还是事先声明好了,我在暗恋小堇。从第一次交谈开始,我的心就被她强烈吸引了,而那逐渐变成无法挽回的情绪。对我来说也等于长久之间心里只有小堇。当然,我好几次都想把这种心情传达给她。不过面对小堇时,却不知道为什么总是无法把自己的感情转换成正当意思的语言。不过结果,那对我来说或许是一件好事。因为就算我能适当地把我的心情表达出来,小堇一定也只不过大笑一场而不当一回事吧。

我跟小堇以"朋友"交往期间,也和两个或三个女孩子交往过(并不是记不得人数了,只是依照算法的不同,可以是两个或三个)。如果加上只睡过一次或两次的对象的话,那名单就要稍微加长了。在跟她们身体接触的时候,我经常想到小堇。或者应该说,脑子的角落里多多少少总会闪现小堇的影子。也曾想象我抱着的其实是小堇。当然这或许是不正当的。不过在正当不正当之前,就是没办法不这样想。

话题回到小堇和妙妙的相遇吧。

妙妙听过杰克·凯鲁亚克的名字,也隐约记得是一位作家。但若要问是怎么样的作家,则想不太起来。"凯鲁亚克、凯鲁亚克……那,是不是写人造卫星Sputnik的那个人?"

小堇搞不清楚话题的前后。手上的刀叉一时还停在空中,她想了一下。"人造卫星?说到Sputnik,就是1950年代第一个飞上太空的苏联人造卫星吧?杰克·凯鲁亚克是美国小说家,不过以时代来说,是重叠一致的。"

"也就是说,当时那方面的小说家,不是以那个名字称呼的吗?"妙妙说。而且,好像在记忆的壶底探索似的,用指尖在桌面画着圆圈。

"Sputnik……?"

"那种文学流派的名字。不是经常有什么派之类的吗?就像'白桦派'似的。"

小堇终于想到。"Beatnik。"

妙妙用餐巾轻轻擦一擦嘴角。"Beatnik、Sputnik……我总是忘记这类的用语。'建武中兴'、《拉巴洛条约》什么的。不管怎么说,这些都是老早以前发生的事,对吗?"

仿佛暗示着时光流逝般,暂时有一小段轻微的沉默。

"《拉巴洛条约》?"小堇说。

妙妙微笑着。好像很难得才从某个抽屉深处拉出来似的,令人怀念的亲密微笑。眼睛眯细的样子很美。然后伸出手来,用细长的五根手指把小堇蓬乱的头发撩弄得更乱一些。一副毫不造作的自然动作，小堇也不禁被惹笑了。

从此以后小堇就在心里把妙妙叫作"Sputnik情人"。小堇很喜爱这词语的发音。这让她想起莱卡犬来。在太空的黑暗中无声地飞行的人造卫星。从小小的窗口往外窥探的小狗那一对明亮的黑眼睛。在那无边的太空式孤独中，小狗到底看见了什么呢？

那Sputnik话题的出现，是在赤坂一家高级饭店举行的小堇表姐的婚礼喜宴中。并不特别亲的表姐（不如说有点讨厌），出席人家的喜宴对小堇来说简直等于受拷问一般，但这次由于某种原因而没能够好好脱身。她和妙妙同桌，座位正好相邻。妙妙虽然没怎么说明，不过可能是在小堇表姐考音乐大学时教过她钢琴，或照顾过她什么。虽然没有很长久亲密的交往，不过表姐这边似乎觉得有恩义关系吧。

被妙妙触摸到头发的瞬间，几乎可以说是反射性之快，小堇立刻坠入情网。就像正在横越广大的原野时，突然被中型闪电击中一般。那想必很接近艺术天启之类的。因此对象不巧是女性，当时对小堇来说完全不成问题。

就我所知，小堇并没有称得上情人的对象。高中时候据说有几个男朋友。一起去看看电影，游游泳，这样的对象。不过我想大概都没有特别深的关系。经常不变地占据小堇脑子里大部分空间的，只是想要成为小说家的热切想法，她的心似乎也没有太被任何对象所强烈吸引。就算她在高中时代有过性行为（之类）的经验，那也不是性欲或情爱，而可能是文学上的好奇心所引起的。

"老实说,我不太能够理解所谓性欲这东西,"小堇有一次(我想是在快从大学休学之前。她喝了5杯香蕉戴吉利酒,相当醉了)以非常困扰的脸色这样坦白告诉我,"那是怎么形成的,关于这个你认为怎么样?"

"性欲不是用来理解的,"我陈述着平常惯有的稳当意见,"它只是在那里而已。"

我这样说完,小堇就像看见什么以稀奇动力推动的机械一般,检视着我的脸一会儿。然后才好像失去了兴趣般抬头看天花板。话就到这里结束。大概觉得这种事再跟我谈下去也没什么用吧。

小堇生于茅崎。因为家就住在海边,有时混着沙子的风打在窗玻璃上会发出脆脆的声音。父亲在横滨市内开业当牙医。长得非常帅,尤其鼻梁仿佛《爱德华大夫》时期的格里高利·派克。遗憾的是——她自己这样说——小堇并没有遗传到那样的鼻子。她弟弟也没遗传到。小堇常常觉得很奇怪,制造出那样美好鼻子的遗传基因到底跑到哪里去了?如果已经埋没到遗传基因之河的河底某个地方的话,或许可以说是文明上的一大损失。是那么像样的鼻子。

当然小堇那位特别英俊的父亲,在环绕横滨市周围地区居住的,牙齿多少有点障碍的女性之间,简直神话式地受欢迎。他在诊所里,总是头上深深套着白帽,脸上戴着大口罩。患者所能看到的,只有他的一对眼睛和一对耳朵而已。尽管如此,依然隐藏不住他是美男子的事实。美好的鼻子凛然端正而性感地隆起,这几乎让所有亲眼看见的女性患者脸红起来,转眼之间——即使医疗保险不给付——便坠入情网了。

小堇的母亲在31岁年纪轻轻时就去世了。心脏有先天性结构上的缺陷。母亲死时,小堇还不到3岁。有关母亲的回忆,只有肌肤轻微的气味。母亲的照片还勉强留下几张。结婚典礼的纪念照片,和小堇刚出生不久的生活照。小堇找出旧相簿来,看了好几次那照片。光从外表看起来,以极保守的表述来说,小堇的母亲算是"给人印象淡薄"的人。个子矮小的女人,发型平凡,穿着领口拘束的衣服,脸上露出不自在的微笑。看起来仿佛就要往后退下,与背后的墙壁化为一体了似的。小堇努力想把她的容貌烙印在脑子里。这样或许总有一天就可以在梦中见到母亲了。或许还可以跟她握手,甚至交谈也不一定。然而却没那么顺利。那是一张即使记起来了又会立刻忘记的脸。岂止是梦中,连大白天在同一条马路上擦肩而过或许都不会发现。

父亲几乎没有谈起过死去母亲的事。本来就是不管什么事都不太多说的人,加上在生活各方面(就像一种口内感染症似的)都有避免情绪性表达的倾向。小堇记忆中也从来没有问过父亲有关死去母亲的事。不过只有一次,还小的时候,在某种情况下曾经问过:"我母亲到底是一个怎么样的人呢?"当时的对话她还记得很清楚。

父亲脸朝向别的地方,考虑了一下,然后说:"她是一个记性很好、字写得很漂亮的人。"

真是一种奇怪的人物描写方式。我倒认为,他当时应该说一点能够深深留在幼小女儿心中的什么。让她可以把那当作热量来源,一直温暖自己的充满营养的话。能够支撑她在这太阳系第三行星上想必根基不太确定的人生,使其不至于偏差的作为轴心支柱的话。小堇翻开雪白笔记本的第一页一直安静地等着。然而很遗憾(不过,不知道是不是应该这么说),小堇的英俊父亲并不是能说这种话的人。

小堇6岁时父亲再婚,两年后弟弟出生。新的母亲也不美。而且,记性并不特别好,字也写得不算漂亮。不过倒是个亲切而公正的人。这对于顺理成章成为她继女的年幼小堇来说,当然是很幸运的事。不,所谓幸运并不是正确的说法。因为选择她的再怎么说都是父亲。他身为一个父亲虽然多少有点问题,但牵涉伴侣的选择方法时,却一贯聪明而务实。

继母在小堇度过漫长而复杂的青春期时,始终毫不动摇地爱护她,即使在她宣布"要从大学休学集中精神写小说"时,虽然也表达了一些意见,但基本上还是尊重她的意志。小堇从小就很热爱读书,而鼓励她的也是继母。

继母花时间说服父亲,约定在小堇28岁以前要在某种程度上为她出一些生活费。如果到那时候还没有什么结果的话,以后就自己一个人去想办法了。如果没有继母帮着说话,小堇也许早就一文不名,在尚未学到必要分量的社会常识和平衡感之前,就被赶到所谓现实这个有点缺乏幽默感的——当然地球并不是为了让人欢笑喜乐而鞠躬尽瘁地绕着太阳转的——荒野里去了。虽然对小堇来说,或许比较希望那样也不一定。

小堇遇到"Sputnik情人",是在向大学提出休学申请后过了2年多一点的时候。

她在吉祥寺租了一间房子,和最低限量的家具与最大限量的书一起生活。中午以前起床,下午就以像是巡山苦行僧的态势,在井之头公园里散步。好天气的时候,就在公园的长椅上坐下来啃面包,一面频频抽烟一面看书。下雨或天冷的时候,就走进大声放古典音乐的老式古风咖啡店,埋身在筋疲力尽的沙发里,板着脸一面听舒伯特的交响曲或巴赫的康塔塔一面看书。到了傍晚就喝一瓶啤酒,吃吃超级市场买回来的现成食物。

晚上十点,她在书桌前坐下。前面摆着泡满一壶的热咖啡、大马克杯(生日时我送她的礼物,画着北欧动画片里史力奇的画)、万宝路烟盒和玻璃烟灰缸。当然有文字处理机。一个键,表示一个文字。

这里有深沉的寂静。头脑像冬天的夜空般清晰。北斗七星和北极星都在固定的位置发出应有的光芒。而她有许多要写的东西。许多要写的故事。只要在某个地方做出一个类似正确出口的东西,把热切的想法和创意从那里像火山熔岩般喷射出去,应该就能陆续生出崭新知性的作品来。人们应该会为这"拥有稀世才华的大新人"的突然出现而侧目。报纸文化版肯定会登出小堇那露出酷酷微笑的相片,编辑们争相到她的公寓去拜访她。

然而遗憾的是,并没有发生这样的事。其实小堇自始至终都没有能够完成一篇作品。

老实说,她可以毫无阻碍地写出很多文章。写不出文章的苦恼是和小堇无缘的事。她可以把脑子里的东西一一转换成文章。问题不如说是写得太多了。当然如果写太多的话,只要把多余的部分削除就行了,事情却没有这么简单。因为她无法适当分辨自己所写的文章对整体来说是必要的还是不必要的。第二天重读列印出来的东西时,觉得所写的文章看起来好像全都不可缺少,但有时候,又显得好像全部不要也可以似的。有时候一阵绝望之余,会把眼前所有的稿子全都撕破丢掉。如果那是在冬天夜晚,房间里有壁炉的话,或许可以像普契尼的

《波希米亚人》一样获得相当的温暖,然而她那只有一个房间的公寓当然没有壁炉。何止是壁炉,连电话也没有。连可以好好照一照的镜子都没有。

一到周末,小堇就抱着写好的稿子,到我住的公寓来。当然只限于没有被残杀的幸运稿子,虽然如此,量还是相当可观。而且对小堇来说,愿意把自己写的稿子展示出来的对象,在这广大的世界上却只有我一个人而已。

在大学里我比她高两年级,主修也不同,因此几乎没什么接触,不过却在很偶然的情况下开始亲近地谈起话来。五月连休结束后的星期一,在大学正门口附近的巴士招呼站,我正在看着从附近旧书店找到的保罗·尼赞的小说时,她问我为什么现在还看什么保罗·尼赞呢。口气里有一副准备吵架的架势。好像很想踢翻什么,却没适当东西可踢,没办法才来问我似的——至少我这样感觉。

我跟小堇说起来有点类似。两个人都像呼吸般自然地爱看书。只要一有时间,就在安静的地方坐下来,长久一直一个人翻着书。不管是日本小说外国小说、新东西旧东西、前卫的畅销的,只要是多少可以带来些知性兴奋的东西,什么都行,拿起来就读。我只要泡在图书馆,或到神田的旧书店街去,就可以很开心地消磨一整天。我除了自己之外,从来没有遇到过这么深入广泛而热烈地读小说的人,对她来说也一样。

在她从大学休学的相同时期,我也从那所大学毕业了,不过小堇从那以后每个月还是会到我那里玩两三次。我也偶尔会到她住的地方,不过她那里要容纳两个人显然太小,因此她来我这里的时候要多得多。我们一见面还是谈小说,交换书。我也经常为她做晚饭。我并不觉得做饭辛苦,而小堇又是那种如果要自己煮宁可选择什么也不吃的人。为了答谢我,相应地小堇则会从打工地方带各种东西回来给我。她在药品公司仓库打工时,给我带了六打之多的保险套。应该还留在抽屉深处。

小堇当时所写的小说(或片段),并没有她本人所想象的那么糟。她还没充分习惯写文章,那文体有时看起来像几个兴趣不同而各有疾病的顽固妇人齐聚一堂所制作出来的拼贴一般。而那样的倾向,由于她心中所具有的躁郁症式的气质而往往弄到无法收拾的地步。更不巧的是,小堇当时只对写19世纪式长篇大论的"全体小说"感兴趣,想把绕着灵魂和命运打转的一切现象密密麻麻巨细靡遗地填塞进去。

虽然有这几个问题,不过她所写的文章还是有独特的新鲜感,可以感觉到她想把自己心中所有的某种珍贵东西诚实写出来的坦率用心。至少她的风格并不是模仿谁的,也不光是整理手法巧妙而已。我喜欢她文章的这方面。如果把那里头的坦率力道割除,填进精致模型里去,应该不是正确的做法。毕竟她还有四处探路的足够时间。还不必着急。正如谚语所说的那样,慢慢长才长得好。

"我脑子里被想写的东西塞得满满的。像个莫名其妙的仓库一样,"小堇说,"各种印象、情景、词语的片片段段、人们的姿态——这些在我脑子里有时候全都会一闪一闪地发出生动炫目的光芒。我听得见它们喊着:'写呀!'我觉得从那里好像会生出很棒的故事似的。觉得好像可以从那里去到某个新地方。不过一旦面对书桌准备写文章时,却发现有什么重要的东西已经失去了。水晶没有能够结晶,最后依然还是石头。我什么也没做成。"

小堇愁眉苦脸的,往水池里投掷了第250颗左右的小石头。

"我大概天生缺少什么吧。当一个小说家必不可少的某种非常重要的东西。"

暂时有一段深深的沉默。她似乎正需要我平常给她的凡庸意见的样子。

"从前的中国都城,高高地围着城墙,城墙并设有几处高大壮观的城门,"我想了一下后说,"门被视为具有重要意义的东西。不仅是人们进进出出的门,同时人们相信那上面还依附着城市的灵魂之类的东西。或者也可以说应该依附。就像中世纪欧洲人相信教堂和广场应该坐落于城市的心脏地带一样。因此中国现在还留下一些壮观的城门。你知道以前的中国是怎么制造城门的吗?"

"不知道。"小堇说。

"人们拉着台车到古战场去,尽可能收集能够收集到的散落在那里或被埋在那里的白骨回来。因为是历史悠久的国家,所以不缺这些古战场。然后制造出把这些骨粉涂漆进去的巨大城门。希望借着慰灵,而让这些死去的战士保卫自己的都城。不过光这样还不够。门制成之后,他们又牵来几只狗,用短剑割开它们的喉咙。并将还温热的血洒在城门上。已经干掉的骨和新的热血互相混合,这样古老的灵魂才开始拥有咒术性的神力。他们这样想。"

小堇沉默地等我继续说下去。

"写小说也跟这很像。就算收集了很多骨来,制造出很壮观的门,只有这样也还是没办法成为生动的小说。所谓故事,在某种意义上并不是这个世界的东西。真正的故事为了结合这边跟那边,必须要有咒术性的洗礼。"

"也就是说,我也需要去找一只自己的狗来才行,对吗?"

我点点头。

"而且必须洒热血才行。"

"大概。"

小堇咬着嘴唇拼命思考。又有几颗可怜的小石头被丢进水池里。"但愿不用杀动物。"

"当然这只是比喻性的意思,"我说,"并不是真的要杀狗。"

我们像平常一样并排坐在井之头公园的长椅上。这是小堇最喜欢的长椅。我们眼前有一口大水池。没有风。掉落池面的树叶,像被紧紧贴在那里似的浮在上面。稍隔一段距离的地方有人在烧着柴火。空气中混合着即将结束的秋季气息,远方的声音听得格外清楚。

"我想,你需要的大概是时间跟经验吧。"

"时间跟经验,"小堇说着,抬头看天空,"时间就这样一直不断地过去。经验?请不要提经验。不是我自夸,我连性欲都没有。没有性欲的作家到底能有什么样的经验呢?就像没有食欲的厨师一样,不是吗?"

"关于你性欲的去向,我没话可说,"我说,"也许它只是躲在某个角落里也不一定。也许到某个远方去旅行,忘记回来了也不一定。不过恋爱这东西总是不讲理的噢。那会从一无所有的地方突然跑出来,抓住你也不一定。或许就是明天。"

小堇把视线从天空转回我脸上。"就像平原的龙卷风一样?"

"也可以这么说。"

她想象了一会儿平原上的龙卷风。

"可是你说平原上的龙卷风,你难道实际看过吗?"

"没有。"我说。在东京武藏野(或许该说幸亏吧)不太能够看到真正的龙卷风。

而大约在半年后的某一天,正如我所预言过的那样,她突然毫无道理地,被卷入像平原的龙卷风一般强烈的恋爱中。跟一个比她大17岁的已婚女性。就是跟那个"Sputnik情人"。

妙妙和小堇在喜宴中同桌坐在相邻的席位时,就像世上一般人会做的那样,首先互相交换说出名字。小堇因为很恨自己叫作"堇"这名字,所以尽可能不告诉任何人。可是被对方问起名字时,礼貌上还是不得不回答。

这个名字,据父亲所说,是死去的母亲取的。因为她最喜欢莫扎特作曲的歌曲《堇》(即紫罗兰),很久以前就决定如果自己生女儿的话就要取这个名字。客厅唱片柜里有《莫扎特歌曲集》(一定是母亲从前听的),小时候小堇很宝贝地把那沉重的唱片放在转盘上,一再重复地听那首曲名叫作《堇》的歌曲。伊丽莎白·舒瓦兹科芙唱的歌和瓦尔特·吉泽金的钢琴伴奏。她听不懂歌的内容。但从那优雅的歌声旋律联想,一定是在歌颂开在原野的堇花有多美丽吧。小堇想象着那风景,并深深喜爱那曲子。

可是到了上中学时,在学校图书馆里找到歌词的日本语翻译,小堇深深受到打击。歌词内容是说开在原野的一朵清新美丽的堇花,被某一个粗心大意的牧羊女无意间悲惨地践踏了。她连自己是被践踏的花这回事都没发现。歌词据说是歌德的诗,然而那里头却无可救药地,连教训都没有。

"为什么母亲非要用那样糟糕的曲名当作我的名字不可呢?"小堇皱着眉头说。

妙妙把膝盖上的餐巾折边拉整齐,嘴角露出中立式的微笑,看看小堇的脸。她拥有一对非常深色的眼珠。其中混合着各种颜色,而且既不浑浊也没有阴影。

"你觉得那曲子很美吗?"

"对。曲子本身——我想是很美。"

"要是我的话,只要音乐美我想大概就满足了。因为你在世上如果只想得到漂亮东西或美丽东西,恐怕没么简单吧。你母亲实在太喜欢那曲子,所以也就不在意歌词的内容了。而且如果你老是那样一副愁眉苦脸的样子,小心久了皱纹会平不回来哟。"

小堇总算才把眉头放松。

"话虽没错,可是我好失望噢。你说对吗? 这名字是我母亲留给我的唯一有形东西。当然是指除了我自己之外。"

"不管怎么说,小堇不是很棒的名字吗? 我很喜欢哪,"妙妙这样说着,便好像在示范试着从稍微不同的角度来看事情似的轻轻歪一下头,"对了,你父亲有没有出席这个喜宴?"

小堇环视四周,找到了父亲的身影。虽然会场很大,但因为父亲个子高,所以要找到他并不难。他坐在隔两张桌子的前方,侧脸对着这边,正在跟一位穿着礼服、看起来很诚实的小个子老人谈着什么。嘴角露出即使对刚形成的冰山都可以以心相许般温和的微笑。在水晶灯光照射下,端正的鼻梁像洛可可时代浮雕画的轮廓般柔和地隆起,那之俊美,连平常看惯的小堇都不得不重新感到佩服。她父亲的容貌和这种正式集会场合搭配极了。只要有他在场,空气一下子就会变得华丽起来。就像插在大花瓶里的鲜花,或漆黑闪亮的加长型礼车一样。

看到小堇父亲的模样,妙妙一瞬间失去了语言。她倒吸一口空气的声音传进小堇耳里。就像为了让安稳的早晨自然光唤醒重要的人,轻轻将天鹅绒窗帘拉开时那样的声音。或许应该带观赏歌剧用的望远镜来的,小堇这样想。不过她对人们——尤其是中年女人——对父亲容貌的戏剧性反应已经太习惯了。美到底是什么呢?有什么价值呢?小堇总觉得不可思议。但谁也没有告诉她答案。只不过有难以动摇的效力而已。

"你有那么英俊的父亲,是什么样的感觉?"妙妙这样问,"我只是出于好奇心问的。"

小堇叹一口气——到目前为止不知道有多少次被问过同样的问题——说:"并不特别愉快。大家心里都这样想。啊!真是英俊的人。太棒了。可是跟他比起来女儿就不怎么样了。这种情形是不是隔代遗传呢?"

妙妙转回头来向着小堇,略微收进下颚看着她的脸。就像在美术馆里来到自己中意的画前面站定下来仔细欣赏时那样。

"嘿,如果以前你真的一直这样想的话,那就错了。因为你也非常漂亮,绝不会输给你父亲,"妙妙说着便伸出手来,非常自然地轻轻接触小堇放在桌上的手,"只是你自己大概也不知道,你多有魅力吧。"

小堇的脸红了起来。心脏在胸中简直像奔过木桥的狂野马蹄般发出巨大的声音。

然后小堇和妙妙就专心投入只有两个人的谈话中。眼睛再也没去看周围的一切。那是个热闹喜宴。有各种人站起来致辞（小堇的父亲应该也致辞了），端出来的餐点也绝不差。但却没有一件东西还留在记忆里。吃了肉吗？吃了鱼吗？是依照西餐礼仪用刀叉吃的，还是用手指抓东西用舌头舔盘子，全都不记得了。

两个人谈了音乐。小堇是古典音乐迷，从小就听遍父亲的唱片收藏。两个人音乐上的喜好有很多共通的地方。彼此都喜欢钢琴音乐，尤其把贝多芬的32首钢琴奏鸣曲视为音乐史上最重要的钢琴音乐。并相信巴克豪斯在DG所留下的录音可以说是成为基准的最佳诠释，是无与伦比的杰出演奏。而且多么愉快，多么充满了生之喜悦啊！

霍洛维茨在非立体的单声道录音时代所录的肖邦，尤其诙谐曲之兴奋刺激简直没得话说。古尔达所弹德彪西的前奏曲集优美而充满幽默感。吉泽金所演奏的格里格总是那么可爱。里赫特演奏的普罗科菲耶夫曲子，那深思熟虑的保留，和瞬间造型的极致深度，使他的任何曲子都值得非常仔细倾听。旺达·兰多芙斯卡所弹的莫扎特钢琴奏鸣曲是那么充满了温柔细致的思虑，但为什么没有得到应有的评价呢？

"现在，你在做什么？"音乐话题告一段落之后，妙妙这样问。

大学不念了，有时候打一点短期简单的工，一面在写小说，小堇说道。写什么样的小说，妙妙问。很难用一句话来说明，小堇回答。那么阅读方面你喜欢什么类型的小说呢，妙妙问。要一一列举会没完没了，不过最近常常看杰克·凯鲁亚克，小堇回答。就是在这里谈到

"Sputnik"的。

妙妙除了为消遣而读的极轻松的东西之外,几乎很少碰小说。这种东西是无中生有的想法总是无法从脑子里挥去,因此无法对出场人物产生感情移入,她说。从以前就这样。所以她所看的只限于把事实当作事实来记述的书。而且几乎大多是为了工作有必要才看的东西。

你在做什么样的工作,小堇问。

"主要跟外国有关,"妙妙说,"我父亲经营贸易公司,身为长女的我,大约13年前接下来继续做。虽然我本来为了当钢琴家而学过音乐,不过父亲因为癌症去世,母亲身体又弱,日语也不太流利,弟弟还在读高中,所以我就暂且成为负责人,管理起公司来。因为还有几个亲戚生活要靠我们公司,总不能随随便便就把公司关掉。"

她像在这里打一个标点符号似的,短短地叹了一口气。

"我父亲的公司原来是以进口韩国干货和药草为主要业务,不过现在则经营更广泛的商品。甚至包括电脑零件之类的东西。现在公司代表名义上还是我,不过实务则由我丈夫和弟弟接手做,我并不需要经常露面,所以我正专心做公司之外我个人的工作。"

"例如什么?"

"大宗葡萄酒进口。有时则做做音乐方面相关活动的安排。在日本和欧洲之间来来去去。这方面的生意很多是靠个人亲手建立的人脉决定的。所以光是我一个人也可以跟一流商社互相竞争。只是建立这种个人网络并维持下去,要花相当多的精力和时间。不过这也是理所当然的——"然后她好像想到什么似的抬起头来,"对了,你会说英语吗?"

"会话不太行。马马虎虎吧。不过我喜欢读就是了。"

"会用电脑吗?"

"不是很熟,因为已经习惯用文字处理机,不过我想学一学应该就会。"

"开车呢?"

小堇摇摇头。自从进大学那一年,开了爸爸的沃尔沃旅行车想进车库,结果撞上后面的门柱以来,几乎没有握过方向盘。

"那么你能以不超过200字说明'记号'和'象征'的不同吗?"

小堇拿起膝上的餐巾轻轻擦擦嘴角,再放回原位。她没有听懂对方想问什么。"记号和象征?"

"也没什么特别的意思。只是举个例而已。"

小堇又摇摇头。"真搞不懂。"

妙妙微笑着。"如果方便的话请告诉我,你有什么样的现实能力。也就是说擅长做什么,除了看很多小说,听很多音乐之外。"

小堇把刀叉静静放在盘子上,一面瞪着浮在桌上不分彼此的空间,一面试着想一想有关自己的事。

"与其说擅长的事,不如列举不会的事比较快。不会煮饭做菜,不会打扫,不会整理东西,老是掉东西。虽然喜欢音乐,可是要我唱歌却会荒腔走板。手非常笨,连一根钉子都钉不好。方向感简直是毁灭性的,左右经常搞错。一生气就有破坏东西的倾向。盘子或铅笔或闹钟之类的。虽然事后会后悔,可是当时无论如何都停不下来。完全没有存款。没道理地怕生,几乎也没什么朋友。"

说到这里小堇休息一会儿,然后又再继续说:

"不过用文字处理机的话,我可以不看键盘很快地打出文章。运动不太擅长,不过除了腮腺炎感冒,有生以来从来没生过什么大病。还有特别在意时间,约会从来不迟到。吃东西也完全不挑剔。不看电视。有时候会吹吹牛,不过我想大概不太会找借口吧。每个月有一次会因腰酸背痛而睡不着,不过除此之外都很好睡。生理期的量算是少的。蛀牙连一颗都没有。西班牙语说得还不错。"

妙妙抬起头。"你会说西班牙语呀?"

小堇上高中时,曾经到被商社派驻在墨西哥城上班的叔叔家住了一个月。心想是个好机会,于是专心学会了西班牙语。大学时也修了西班牙语学分。

妙妙把葡萄酒玻璃杯脚夹在手指间,像在卷机器的螺丝般轻轻旋转着。"怎么样,想不想到我那里去上班一阵子?"

"上班?"因为不知道该做出什么样的表情,小堇暂时维持平常那板着的脸色。"嘿,我有生以来还从来没有过一次像样的工作经验,连电话都完全不会应对哟。早上十点以前不搭电车,我想你跟我谈过话也知道,我连客套话都不会用。"

"这些不成问题,"妙妙简单地说,"对了你明天中午左右有没有空?"

小堇反射性地点一点头。不需要多加考虑,没什么约定的空闲时间是她的主要资产。

"那我们一起吃中饭吧。附近有一家餐厅,我会先预约一个安静的位子。"妙妙说。然后把服务生再新倒的红葡萄酒杯拿起来在空中透着光仔细检视,确认过香味,再安静地含进第一口。这一连串的动作,令人联想到内省的钢琴家历经岁月磨炼出来的一小段在乐章结尾的华彩演奏无形中自动流露出的优雅。

"详细情形到时候再慢慢谈。今天别谈工作,我想轻松一下。嘿,不知道这是什么地方出的,不过这波尔多酒相当不错噢。"

小堇不再板着脸,她试着老实问妙妙:"可是我们刚刚才第一次见面,而且你对我几乎还什么都不知道,对吗?"

"是啊,也许什么都不知道。"妙妙承认。

"那你怎么知道我可以用呢?"

妙妙把玻璃杯中的葡萄酒轻轻旋转着。

"我从以前开始就以脸来判断一个人,"她说,"所以,换句话说,我已经喜欢你的相貌和表情的流动了。非常喜欢。"

周围的空气忽然咻一下变薄了似的。她发现自己两边的乳头在内衣里僵硬起来。小堇伸出手,半机械性地拿起水杯,把剩下的水一口气喝完。相貌长得像猛禽类似的服务生立刻走到背后来,往喝空的大玻璃杯里倒满冰水。那哗啦哗啦的声音在小堇混乱的脑子里,听来好像被关在洞窟里的盗贼呻吟声般空虚地回响。

我真的爱上这个人了,小堇确实这样相信。不会错(冰总是冷的,玫瑰总是红的)。而且这恋爱不知道要把我带到什么地方去。然而似乎已经无法从这强烈的激流中抽身出来了。因为我已经毫无选择余地了。我或许将被带到一个自己从来没看过的特别世界去。那或许是个危险地方。藏在那里的一些东西或许会带给我深深的、致命的伤害。我或许会失去现在所拥有的一切东西也不一定。但我已经回不去了。身体只能任由眼前的激流往前冲。就算我这个人将被这火焰烧成灰烬消失无踪,也没办法了。

她的预感——当然到现在才知道——120%正确。

2

小堇打电话来,是在结婚典礼过了正好2周后的那个星期天的天亮前。我当然是像旧铁床一般睡得正沉。那前一周,我正主持一个会议,为了收集完整必要的(但不太有意义的)资料,而不得不缩短睡眠时间。周末正打算痛快睡个饱。这时电话铃却开始响了起来。在天亮前。

"你在睡觉吗?"小堇试探地问。
"嗯。"我小声地哼一声,并反射性地瞥一眼放在枕边的闹钟。非常大的时针,也确实涂上夜光漆,然而不知道为什么我却没有读出数字。映在视网膜上的意象,和接收并分析它的脑部并没有咬合上。就像老祖母穿线时穿不进针孔一样。我总算搞清楚的,是周围还是黑漆漆的。那一刻好像很接近过去斯科特·菲茨杰拉德所谓的"灵魂的黑暗"。

"马上就要天亮了噢。"
"嗯。"我无力地说。
"我家附近还有人养鸡哟。一定是美国把琉球归还日本以前就养在那里的鸡吧。那公鸡马上就要开始啼叫。大概30分钟之内。还有,老实说，一整天里我最喜欢这个时刻。黑漆漆的夜晚从东方逐渐亮起来，公鸡好像复仇般开始猛然啼叫起来。你家附近有没有鸡？"

我在电话这边轻轻摇头。

"我是从公园附近的公共电话打的。"

"嗯。"我说。离她住的公寓200米左右的地方有公共电话亭。因为小堇没有电话，所以总是走到那里去打电话。一个形状极普通的电话亭。

"嘿，在这种时间打电话我也觉得很抱歉。真的这样觉得。连鸡都还没啼叫的时间。可怜的月亮，在东方的天空一隅，像已经用旧的肾脏般，孤零零地浮在天上的时间。不过，我也为了给你打电话而一个人慢慢走过黑暗的夜路来到这里哟。小手上紧紧握着表姐结婚典礼上领来的电话卡。上面印着两个人手牵手的纪念照片。这种东西有多让人心情低落，想必你也知道吧？穿的袜子居然还是左右不成对的。一边有米老鼠的画，一边是素面的毛袜。一屋子东西乱七八糟，搞不清楚什么在哪里。虽然不能大声讲，不过内裤也很糟，连专偷内衣的小偷都会闪开走过的那种。这副德性如果被过路的妖魔杀掉的话，死也不能瞑目吧。所以虽然不是要你同情我，不过，你能不能说一些像样一点的话？除了'嗯'或'啊'之类冷酷的感叹词之外。比方接续词之类的也可以。对了，例如'不过'或'可是'之类的。"

"可是。"我说。我非常累，真的连做梦的力气都没有。

"可是，"她说，"唉算了。这也算是一种进步吧。虽然只是小小的一步。"

"那么，你找我有什么事吗？"

"对了，对了，我想请教你一件事，所以才来打这通电话，"小堇说，并轻轻干咳一声,"也就是说,记号和象征不同在哪里?"

我脑子里似乎有一列什么队伍静静地通过,有一种奇怪的感觉。"请再说一遍你的问题好吗?"

她重复一遍。记号和象征的不同是什么?

我在床上坐起身,把听筒从左手换到右手拿。"换句话说,你为了想知道记号和象征的不同,而打电话来。在星期天早上,天亮以前的,嗯……"

"4时15分,"她说,"我心里挂念着没办法啊。记号和象征的不同到底在哪里,有一个人几天前问过我这个问题,我一直忘了,正打算睡觉开始脱衣服时,却突然想起来。然后就睡不着了。你可以说明吗,象征和记号的不同?"

"例如。"我说,望望天花板。要对小堇说明事情的理论,就算意识清醒的时候都很困难。"天皇是日本国的象征,这个你懂吗?"

"大概懂。"她说。

"不可以大概。其实日本国宪法就是这样规定的,"我尽可能以冷静的声音说,"也许有异议或疑问,如果不把这当作一个事实来接受,话就没办法继续往前说了。"

"我懂。只要接受就是了吧。"

"谢谢。我再说一次,天皇是日本国的象征。但那并不表示天皇和日本国是等价的意思。你明白吗?"

"不明白。"

"你听我说,也就是箭头是指单方向的。天皇虽然是日本国的象征,但日本国并不是天皇的象征。这个该明白吧?"

"我想我明白。"

"可是，如果把这写成'天皇是日本国的记号'，却表示这两者是等价的。换句话说，当我们提到日本国时，就等于指天皇的意思，当我们提到天皇的时候，就等于指日本国的意思。再进一步说，就是指两者可以交换的意思。a＝b就是等于指b＝a一样。简单说，这就是记号的意思。"

"也就是说，你想说天皇和日本国可以互换，这种事可能吗？"

"不是这样。不对。"我在电话这头拼命摇头。"我现在只是想尽量简单明了地说明象征和记号的不同而已。并不真的打算将天皇和日本国交换。只是说明的程序哟。"

"噢，"小堇说，"不过，这样我已经有点懂了。意象上。也就是说单行道跟双向道的不同对吗？"

"专家也许能说明得更准确。不过如果要定义得极容易了解的话，我想这样大概可以了。"

"我常常觉得，你很擅长说明事情。"

"那是我的工作啊，"我说，我的话好像有点平板而缺乏表情，"你也不妨当一次小学老师看看。很多问题都会跑来找你。为什么地球不是方的。为什么章鱼的脚有10只，而不是8只。大多的问题大致都变得可以答出来了。"

"嘿，你一定是个好老师噢。"

"谁知道？"我说。谁知道。

"那为什么章鱼的脚是10只，而不是8只呢？"

"我可以睡觉了吗？我真的很累。这样手握着听筒都觉得好像一个人独自支撑着正倒塌一半的围墙似的呢。"

"嘿。"小堇说。然后微妙地停顿一下。就像往彼得堡的火车在开来之前,守铁道口的老人咔哒吭咚地把栅栏放下一样。"这样说真的像傻瓜一样,不过老实说,我恋爱了。"

"噢。"我把拿听筒的手从右边换回左边。从听筒可以听见小堇的呼吸声。我不知道该怎么回答才好。而且就像不知道该怎么回答才好时经常会做的那样。我说了一句有点离谱的话:"不是对我吧?"

"不是对你。"小堇说。听得见用便宜打火机点香烟的声音。"你今天有空吗?我想跟你见面谈一谈。"

"也就是要谈有关你跟我之外的某个人恋爱的事?"

"对,"小堇说,"关于我正在开始热烈恋爱的事。"

我把听筒夹在肩膀和脖子之间,伸直身体。"如果是傍晚倒有空。"

"我5点到那边,"小堇说,并像想起来似的补充说,"谢谢你。"

"谢什么?"

"谢你天亮前,亲切地回答我的问题。"

我含糊地回答后挂上电话,把枕边的台灯关掉。还黑漆漆的。睡意回来之前,我想一想小堇到现在为止谢过我一次没有。或许一次该有吧,但我却想不起来。

小堇在5点前一点到我住的公寓来。起初我没看出那是小堇。因为她装扮焕然一新的关系。头发剪成酷酷的短发,落在额头的前发好像还留下剪刀的痕迹。海军蓝色短袖连衣裙上,披一件薄薄的羊毛外套,鞋子是中等高度的高跟鞋,黑色漆皮的。连丝袜都穿了。丝袜?我对女孩子的穿着并不清楚,不过至少知道她身上穿的东西全都是相当高价的。穿成这个样子,小堇比平常看起来更美丽而洗练。不但没有不得体的地方,反而非常协调。不过不管怎么说,我还是比较喜欢以前穿着邋里邋遢的小堇那个样子。当然一切都是个人偏好的问题。

"不赖，"我从头到脚打量一遍之后说，"虽然不知道杰克·凯鲁亚克会怎么感觉。"

小堇比平常稍微高雅地微笑着。"要不要到外面去散步一下？"

我们并肩走过大学路，往车站的方向走，中途进入一家常去的咖啡店里喝咖啡。小堇照例除了咖啡之外点了栗子蛋糕。四月已接近尾声，非常晴朗的星期天傍晚。番红花和郁金香排列在花店前面。吹着和缓的风，轻轻掀起年轻女孩的裙摆，飘来年轻树木散发的生长气息。

我把双手交叉在脑后方，看小堇热心地慢慢吃着栗子蛋糕的样子。从咖啡店天花板的小型喇叭，传来阿斯特鲁德·吉尔贝托的巴萨诺瓦老歌。"请带我到阿鲁安达（Aruanda）去。"她唱道。一闭上眼睛，杯子和碟子咔哒咔哒的碰撞声听起来就像远方的海浪声一样。阿鲁安达到底是一个什么样的地方呢？

"还困吗？"

"已经不困了。"我张开眼睛说。

"你还好吗？"

"很好啊。像初春的伏尔塔瓦河一样。"

小堇望了一会儿吃空的栗子蛋糕碟子。然后抬起头来看我。

"为什么会穿这种衣服，你觉得很奇怪？"

"嗯，有一点。"

"不是付钱买的。因为我没有那个钱。这是有很多原因的。"

"关于这些原因我可以稍微想象一下吗？"

"你说说看。"

"你穿那不怎么起眼的杰克·凯鲁亚克式的服装，在某个洗手间，一面叼着香烟一面洗着手的时候,刚好有一位身高155公分装扮良好的女人一面呼呼地喘着大气一面跑进来这样说:'拜托一下,请你全身上下的衣服在这里跟我交换。我没办法说明原因,不过有坏人在追我。我想换装逃走。巧得很,我们个子也正好差不多。'我在香港电影上看过。"

小堇笑一笑。"对方鞋子尺寸是22号,连衣裙尺寸是7号。真巧。"

"而且当场连印有米老鼠的内裤也交换了。"

"米老鼠不是内裤,是袜子啊。"

"都一样。"我说。

"噢,"小堇说,"不过,还蛮接近的。"

"接近到什么程度?"

她身体探出到桌上来。"说来话长,你想听吗?"

"还问想不想听,你不是为了讲这件事,才特地到这里来的吗?不管多长也没关系,你说就是了。除了正题之外,如果想加上序曲和《妖精之舞》的话,也可以一起讲。"

于是她开始讲了起来。从她表姐的结婚典礼,到她和妙妙在青山餐厅吃的午餐。确实是相当长的一段话。

3

结婚典礼第二天星期一下雨。雨从过了午夜之后开始下,到天亮以前还继续不断地下。把春天的大地淋得湿湿黑黑的,静静鼓舞着藏在地下无名生物们的温和而柔软的雨。

一想到要跟妙妙再见一次面,小堇心里一阵骚动,什么事情都做不下去。心情好像站在山顶上吹着风似的。坐在书桌前点起香烟,像平常一样把文字处理机的开关打开,然而不管盯着画面多久,脑子里却浮不出一行文章来。那对小堇来说几乎是不可能有的事。她放弃了,把机器电源关掉,在狭小房间的床上躺下,香烟也没点火,只是叼着,沉溺于漫无边际的思绪中。

光是能再和妙妙两个人谈话,我的心就已经这样怦然跃动了。那么如果我跟妙妙什么事也没就那样分开的话,心情一定很难过吧。这是对美丽洗练的年长女性的爱慕吗?不,应该不是那样,小堇打消这种想法。我在她身边,一直想用手触摸她身体的什么地方。那和单纯的"爱慕"有一点不同。

小堇叹一口气,望着天花板一会儿,然后点起香烟。想想还真奇怪。22岁第一次认真坠入情网,对象却偏偏不巧是个女的。

・・・・・

妙妙所指定的餐厅，从地铁表参道车站走路约10分钟的距离。第一次来的人很难找，不容易进去。说到店名也是只听过一次不会记得的那种。在门口说出妙妙的名字后，小堇就被带到二楼的一个包厢去。妙妙已经坐在位子上。一面喝着放了冰块的巴黎水，正跟服务生热心商量着菜色。

她在深蓝色Polo衫上，穿一件同色棉质线衫，戴着没有装饰味道的银色细发夹。长裤是白色修长合身的牛仔裤。桌子角落放着鲜艳的蓝色太阳眼镜。椅子上放着回力球拍和Missoni设计的塑胶运动袋。大概她上午刚打过回力球或做了什么运动从那回来的。脸颊上还微微留下粉红色红晕。小堇想象她在健身房走进淋浴室，用散发着异国芳香的香皂洗掉身上汗水的情形。

身穿平日穿的人字纹外套、卡其色长裤，头发像孤儿般乱蓬蓬的小堇走进包厢时，妙妙从菜单抬起头，好像很灿烂地微笑。"上次你说吃东西不挑剔对吗？我可以随意点菜吗？"

当然，小堇说。

妙妙为两个人点了同样的东西。主菜是炭烤新鲜白鱼，稍稍添加一点放了香菇的绿色酱汁。鱼片焦得非常美。可以说是艺术性的，端丽庄美而具有说服力的焦法。几个南瓜小汤圆，旁边配置着极高雅的菊苣生菜。甜点是奶油焦糖。只有小堇吃。妙妙装成没看见的样子。最后送来意式咖啡。小堇推测她大概相当讲究吃。妙妙脖子像植物的茎一般细，身上一点赘肉的痕迹都没有。不会让人觉得她有减肥的必要。不过她可能会毫不妥协地对现在自己所有的东西决心保护到底。就像在山顶坚守要塞的斯巴达人一样。

两个人一面吃着菜，一面聊一些算是比较漫无边际的话题。妙妙想知道小堇的身世，小堇就老实回答她的问题。关于父亲、母亲、所上的学校（每个学校她都没办法喜欢），作文比赛所得到的奖品（脚踏车和百科辞典），大学休学的经过情形，现在的日常生活。不是特别精彩刺激的人生。然而妙妙却很热心地听小堇的身世。好像在听从来没到过，且拥有浓厚风民俗情趣味的国家的事情似的。

小堇对妙妙想知道的事情也堆积如山。但妙妙似乎不太喜欢谈自己。"我的身世没什么好谈的，"她笑眯眯地说，"我倒想多听听你的。"

用完餐之后，小堇对妙妙所知道的还是不多。只知道她父亲把在日本赚的钱捐出去很多，给他自己的出生地，也就是韩国北方的一个小村，为地方居民建了几个像样的设施，因此到现在那个村子的广场上甚至还建有她父亲的铜像。

"一个山里的小村子。小时候父亲曾经带我去过。也因为是冬天，看起来是个好冷的地方。到处是岩石的赤茶色山、扭曲虬结的树木。那铜像揭幕时，村子里有好多亲戚，流着眼泪把我抱起来。但我无法理解大家在说什么，只记得觉得好害怕。对我来说，那只不过是个从来没见过的异国村子而已。"

是什么样的铜像，小堇问。她所认识的人里没有一个被做成铜像的。

"很普通的铜像啊，可以说是规格化的吧。就像全世界到处都有的那种东西。不过自己的父亲被做成铜像，我觉得很奇怪。如果茅崎车站前面的广场上建起你父亲的铜像，也会觉得怪怪的吧？我父亲其实是个子矮小的人，做成铜像后看起来却显得像个堂堂的巨人。那时候我想，这个世界眼睛看得见的东西，并不一定就是对的。那时候我才五岁左右。"

我父亲被做成铜像或许会显得比较镇定也不一定,小堇在心里悄悄地想道。他以一个活生生的人来说是稍微浮夸了一些。

"我们来继续谈昨天提到的事,"第二杯意式咖啡送来时,妙妙切进话题,"怎么样,你有没有意愿到我这里来工作?"

想抽烟,却没看见烟灰缸。小堇只好放弃,喝了一口巴黎水。

小堇老实说:"说到工作,具体不知道要做什么。我想上次也说过,除了单纯体力劳动之外,正式工作我一次也没有做过。而且也没有一套可以穿着去上班的衣服。甚至连在结婚典礼上穿的衣服,都是跟朋友借来的。"

妙妙表情不变地点点头。小堇的答案似乎是在她预料范围内。

"跟你谈过后大概知道你是什么样的人了,我想我要你做的工作,你应该没问题可以胜任。其他的就没什么不得了的。重要的是,你想或不想跟我一起工作。只有这个而已。Yes 或 No,单纯地想就行了。"

小堇一面很小心地选择字眼一面回答:"你能这样说我当然很高兴,可是对现在的我最重要的问题,再怎么说都是写小说。为了这个我连大学都休学了。"

妙妙越过桌子笔直看着小堇。她那安静的视线立刻让小堇的肌肤有所感觉,她的脸热了起来。

"我可以老实说出我的想法吗?"妙妙说。

"当然,你尽量说。"

"不过也许会让你不高兴。"

小堇表示无所谓地把嘴唇抿成一直线,看着对方的眼睛。

"现在不管花多少时间,我想你大概都写不出完整的东西,"妙妙以沉稳,而不犹豫的声音说,"你有才华。将来一定可以写出杰出的东西。不是客套,我真的这样想。我可以感觉到你身上有这种自然的力量存在。不过现在的你,还没有准备好。还没准备好打开那扇门的足够力量。你自己有没有过这种感觉?"

"时间和经验。"小堇简单总结。

妙妙微笑着。"总之,现在跟我一起做吧。我想这样比较好。而且等你感觉时候到了,不用客气,你就放弃一切,尽情地去写小说好了。你本来个性就不是很灵巧,在重要的东西顺利出来以前,是属于会比一般人多花时间的类型。所以如果到了28岁还没冒出芽来,双亲的支援也停止,变成一文不名的话,就认了吧。或许肚子会饿一些,小说家不也需要这种经验吗?"

小堇想回答,但才要开口,声音却出不来。因此只是沉默着点头。

妙妙把右手伸到桌子正中央。"你也把手伸出来。"

小堇把右手伸出去,妙妙便把她的手像包起来般地握住。是温暖而柔滑的手掌。"没有严重到需要担心的程度。所以你别板着一张脸。你跟我会顺利做下去的。"小堇吞进一口唾液,并尽量放松脸上的肌肉。被妙妙从正面注视着时,觉得自己的存在仿佛逐渐缩小下去似的。或许不久,就会像被放在日光下的冰块一样消失掉也不一定。"从下星期开始每周三次,到我办公室来。星期一三五。只要早上十点来,傍晚四点回去就行了。这样就可以避开高峰时段了吧?薪水虽然不太高,不过工作不会太辛苦,空闲时间也可以看书没关系。不过我要你每周去私教那里学两次意大利语。会西班牙语的话,要学意大利语应该不会太难。还有英语会话和汽车驾驶也要找时间练习练习。这样可以做到吗?""我想可以。"小堇回答。不过那声音,听起来却好像不认识的人，从某个其他房间代替自己发出来的。不管她拜托什么，或命令什么，如果是现在的我，大概都会毫不迟疑地就回答Yes吧。手还依旧握着，妙妙就那样一直注视着小堇。小堇可以看见映在妙妙漆黑眼珠深处自己鲜明的形貌。那看起来就像被镜子吸进对面去的自己的灵魂似的。小堇爱这形貌，同时又深觉害怕。妙妙一微笑，眼角便形成迷人的皱纹。"到我家去吧。我有东西给你看。"

4

上大学的第一个暑假,我曾经一个人独自晃到北陆去旅行,在电车上认识了一个也是独自一个人旅行大我八岁的女人,和她一起共度过一夜。当时还想到好像《三四郎》开头的情形一样。

她在东京的银行从事外汇工作。一旦能够请假时,总是抱着几本书一个人去旅行。她说"跟别人一起旅行只有更累而已"。感觉人蛮好的,不知道为什么会对像我这样青涩而沉默的18岁学生感兴趣。不过她坐在对面的座位上,一面跟我谈一些无关痛痒的话时,看来好像非常轻松的样子。经常高声笑着。我也很难得能够这么放松地谈了很多话。两个人碰巧都在金泽站下车。她问我:"有地方住吗?"我回答没有时(到当时为止我还从来没有预约过住宿的地方),她说她已经订了饭店,不妨一起住。"你不用客气,因为一个人和两个人所付的钱都一样。"

我因为很紧张,第一次做很不自在,没能够顺利做好。我因此而道歉。

"这种事不必——道歉,"她说,"你还真礼貌周到。"

她淋浴出来之后,用浴袍裹着身体,从冰箱拿出两罐冰啤酒,给我一罐。

啤酒喝了一半之后,她好像忽然想到似的说:"你会开车吗?"

我回答会。

"怎么样,技术好吗?"

"驾照才刚拿到,还不太熟练。算普通吧。"

她微笑着。"我也一样。自己以为相当会了,但旁边的人却不这样说。所以只能算是普普通通吧。不过你周围一定有几个开车开得非常好的人吧?"

"有啊。"

"反过来也有不太行的人。"

我点点头。她安静地再喝一口啤酒,思考了一下。

"这种事情,一定在某种程度上是天生的吧。也许可以称为一种才能。有的人手巧,有的人手不巧……不过与此同时,我们周围有的人很小心,也有人不太小心,对吗?"

我再点了一次头。

"而且,你稍微想想看。假设你跟谁一起开车做长途旅行噢。组成搭档隔一段时间就交换开。那么在这种情况下,你会选择哪一型的对象? 开车技术好但粗心大意的人,还是技术不怎么好却很小心的人?"

"后面这种。"我回答。

"我也一样,"她说,"我想这也跟那件事一样吧。擅长不擅长,灵巧不灵巧,并不是多重要的事。我这样觉得。很用心——这才最重要。把心定下来,要很注意地去侧耳倾听各种声音。"

"侧耳倾听?"我问。

她只是微笑着而已,什么也没说。

稍过一会儿第二次做爱的时候，变得非常顺利，心意彼此互通了。很用心地侧耳倾听是怎么回事，我好像有点懂了。而且那时也是第一次看见做爱真正顺利时女人会出现什么样的反应。

第二天，一起共用早餐后，我们就各自往不同的方向分开了。她继续她的旅程，我继续我的旅程。临分手时她说，预定两个月后将跟同一个办公室的同事结婚。"他是一个非常好的人，"她笑眯眯地说，"我们交往了五年，终于要结婚了。所以，往后就暂时不太可能一个人旅行了。这也许是最后一次。"

当时我还年轻，以为这种彩色事件在人生中或许经常会发生。等到发现事情并不是这样时，已经是很久以后了。

很久以前，在某种情况下我曾经跟小堇提过这件事。我不记得为什么会提到这件事了。或许是在谈到有关性欲的形式时吧。不过不管怎么说，当我被人家从正面冲着问到什么时，依我的个性，大多都会老实回答。

"这件事重点在哪里？"小堇当时这样问。

"要很用心，大概就是这件事的重点吧，"我说，"不要从一开始就决定要这样那样的，随状况反应坦然地侧耳倾听，让心和头脑都经常敞开着。"

"哦？"小堇说。她似乎在脑子里反刍着我那微小的性冒险插曲。或许在考虑能不能适当写进自己的小说里去。

"不过总之，你倒是有相当多各种经验啊。"

"才没有什么各种经验，"我稳重地抗议道，"只是偶然碰到那样的经验而已。"

她一面轻轻咬着指甲，一面寻思了一会儿。"不过要很用心的话，该怎么做才好呢？一旦遇到什么情况时，心想好吧，现在开始要很用心噢，要侧耳倾听噢，于是就忽然变成很会了。不可能吧？你能不能说得稍微具体一点，例如怎么样？"

"首先心情要镇定。例如——数数字之类的。"

"还有呢？"

"嗯，也可以想想夏天午后冰箱里的小黄瓜。当然这只是打个比方而已。"

"我猜，"小堇停顿一下后说，"你每次都一面想象夏天午后冰箱里的小黄瓜一面跟女人做爱，对吗？"

"没有每次。"

"不过偶尔会。"

"偶尔。"我承认。

小堇皱起眉尖，摇了几次头。"看不出你这个人还真怪啊。"

"每个人都有某方面是怪的。"我说。

"在那家餐厅里，被妙妙一直握着手，目不转睛地盯着时，我脑子里一直在想着小黄瓜。心想必须镇定，必须侧耳倾听。"小堇对我说。

"小黄瓜？"

"你以前告诉过我，夏天午后冰箱里冰过的小黄瓜，你不记得吗？"

"你这么一说，确实有过这么回事，"我想起来了，"那么，有没有一点帮助？"

"多少有一点。"小堇说。

"那就好。"我说。

小堇把话转回正题。

"妙妙住的大厦从餐厅走路一下就到了。房子虽然不太大,不过很漂亮。有采光良好的阳台,有观叶植物盆栽、意大利制皮沙发、BOSE音响喇叭、成套的版画、停在停车场的捷豹。她一个人住在那里。跟她先生一起住的房子则在世田谷区的某个地方。到了周末她就回到那里去。不过平常则在青山的大厦住宅里一个人住。你猜在那个房子里她让我看什么?"

"放在玻璃盒子里的马克·波兰爱穿的蛇皮凉鞋。述说摇滚历史时不可或缺的贵重遗产。一片鳞片都没有掉落。在没有踏到泥土的地方还有本人的签名。歌迷爱死了。"

小堇皱着眉叹一口气。"如果能发明以无聊笑话当燃料的车子的话,你一定已经跑很远了噢。"

"不过,世上也有所谓知识的枯竭。"我谦虚地说。

"OK,那个暂且不提。这次认真想想看。你猜我在那里看到什么了。如果猜中的话,这里的账就由我来付。"

我干咳一声说:"看到今天你身上穿的华丽服装。叫你穿着这个到办公室去上班。"

"答对了,"小堇说,"她有一个跟我个子差不多高的朋友,那个人也很有钱,反正衣服多得穿不完。这个世界真奇怪噢。既有衣服多得衣橱都装不下的人,也有像我这样凑合穿着左右不成对袜子的人。不过算了,不提这个。总之她到那个朋友家去,为我要了一堆'剩余的'衣服来。仔细看虽然有一点点退流行,不过猛一看倒还不会发现吧?"

再怎么仔细看都不会发现,我说。

小堇满意地微笑了。"尺寸真是合适得令人难以相信。从连衣裙、胸罩到裙子，一切都合适。只有腰必须改小一点，不过只要系上皮带就没问题可以穿了。鞋子则很巧，妙妙的尺寸跟我大致一样。所以我就领了一些她不要的鞋子回来。高跟的、低跟的、夏天的凉鞋。全都是附有意大利人名字的。顺便连皮包也有。还有少许化妆品。"

"就像《简·爱》的情节似的。"我说。

就这样，小堇开始每周到妙妙的办公室去露面三天。她穿着套装或连衣裙，蹬着有跟的皮鞋，甚至还稍微化了一点妆，搭上通勤电车，从吉祥寺到原宿站去上班。她居然能好好搭上中午以前的电车，让我实在难以相信。

妙妙除了在赤坂有公司的办公室之外，还在神宫前拥有一个只属于自己的办公室。那里只有妙妙的桌子，还有给助手（指小堇）用的桌子，有保管资料的橱柜、传真机、电话和苹果PowerBook笔记本电脑。是一间大厦套房，附有一个聊备一格的小厨房和浴室。有放CD的音响和小型喇叭，摆着一打左右的古典音乐CD。位于大厦三楼，朝东的窗户看得见外面有一座小公园。一楼是北欧进口家具的展示间。地点在从大马路稍微缩进一点的地方，街上的噪声也几乎传不到这里。

小堇到了办公室，就先换花瓶的水。用咖啡机泡咖啡。然后听答录机里的电话留言，检查PowerBook里的电子信箱。如果有信进来就列印出来，排放在妙妙桌上。多半是外国公司或代理商传来的信，几乎都是英文或法文。如果有邮件就开封，明显知道是不要的就丢掉。一天有几通电话打进来。也有外国来的电话。小堇问过对方的名字和电话号码，如果有事也做笔记把事情记下来，再传话到妙妙的移动电话去。

41

妙妙大约下午一点到两点之间到办公室露面。然后在那里待一小时左右，给小堇必要的指示，喝咖啡，打几通电话。如果有必须回复的信，就口述让小堇打进文字处理机，或直接用电子邮件，或用传真。大多是内容简单的事务性信件。有时是为她预约美容院、餐厅或回力球场。这些全都做完之后，妙妙跟小堇稍微聊一下天，然后又不知道出去哪里。

小堇一个人在办公室留守着，有时几小时都没跟人说话，但她既不觉得寂寞，也不觉得无聊。小堇复习一周上两次的意大利语课程所教的功课。背不规则动词的活用，用录音机录下来修正自己的发音。学习电脑技能，简单的难题已经可以自己处理了。她打开硬盘里所收藏的资讯，把妙妙所经手的工作概略重点记进脑子里去。

妙妙所做的工作，内容大约就像喜宴上她介绍过的那样。她与外国（以法国为主）的小葡萄酒制造业者订有专属契约，进口葡萄酒，批发给东京的餐厅或专门的酒店。有时也着手招聘古典音乐的演奏家。其实最繁杂的实务工作已经由专门处理这些的大代理商经手，她所做的只是企划和最初阶段的接触安排。妙妙所擅长的，是发掘还没太成名而有才华的年轻演奏家，把他们请到日本来。

至于这种妙妙的"私人事业"能赚多少利益，小堇并不清楚。会计的盘片好像另外保管的样子，而且就算有些盘片，如果没有密码也不能开启。不管怎么说，小堇只要能跟妙妙见面谈话就已经开心得不得了，心都会怦怦跳。心里想着那是妙妙坐的椅子，那是妙妙用的圆珠笔，那是妙妙用来喝咖啡的马克杯。她吩咐的事情，不管多微细，都会尽全力去做。

有时妙妙会邀她两个人一起去吃饭。因为在做葡萄酒的生意。有必要定期走访有名的餐厅，把各种资讯预先装进脑子里。妙妙总是吃白肉的鱼（偶尔会点鸡肉却留下一半没吃），不吃饭后甜点。她仔细地查看葡萄酒单，选好后就点整瓶的，但她自己却只喝一杯而已。"你尽量喝。"妙妙虽然这么说，但小堇一个人再怎么样也喝不了多少。所以高价葡萄酒总是剩下半瓶以上，妙妙却不介意。

"两个人点一瓶不是太浪费吗？还喝不了一半。"有一次小堇试着对妙妙说。

"这没关系，"妙妙笑着说，"葡萄酒这东西，剩下越多，越可以让店里的人试喝味道。从酒仓专员、服务生领班到最基层倒水的服务生。这样子大家才会逐渐记得各种葡萄酒的味道。所以上等葡萄酒点了之后剩下来不喝完，并不算浪费哟。"

妙妙确认过1986年份的法国波尔多梅多克产的葡萄酒颜色，然后好像在吟味文体般，从各种角度仔细地品味。

"不管任何事都一样，结果最有用的，是劳动自己的身体、花自己的钱所学到的东西。而不是从书上得来的现成知识。"

小堇拿起玻璃杯，学妙妙那样仔细地用嘴含进一口葡萄酒，然后送进喉咙深处。口中一时留下令人很舒服的风味，但等数秒钟后，就像夏天叶子上的朝露蒸发一般，不留痕迹地消失了。这样子，舌头又已经准备好可以品味下一口菜了。每次和妙妙两个人一起吃饭聊天时，就会学到一些东西。自己居然对这么多事情一无所知，小堇不得不单纯地对这事实感到惊讶。

"我到目前为止，从来没有想过要变成自己以外的任何人，"有一次，也因为比平常稍微喝多了一些葡萄酒，小堇终于对妙妙坦白说出，"但有时候会想如果能变成你，不知道有多好啊。"

妙妙停顿了一下呼吸。然后好像又想起来似的拿起葡萄酒杯，送到嘴边。由于光线的关系，她的眼珠看来好像一瞬间被染成葡萄酒的深葡萄色似的。那脸上失去了平日常有的微妙表情。

"你大概不知道吧，"把玻璃杯放回桌上，妙妙以沉稳的声音说，"在这里的我并不是真正的我。从现在算起的14年前，我变成真正的我的一半。我想如果我在还是完整的我那时候能够遇到你的话，不知道该有多好。不过现在想这个也没有用了。"

小堇实在太惊讶了，没办法再说什么。所以当时当然应该问的事情也就错过机会问了。14年前她到底发生什么事情？为什么会变成"一半"呢？所谓"一半"到底是指什么事情？不过这种谜样的发言，结果也只有让小堇对妙妙的爱慕越变越深而已。真是个不可思议的人，小堇这样想。

透过片片段段的日常交谈，小堇可以得到有关妙妙的几个事实。妙妙的先生是大她五岁的日本人，但由于在首尔大学经济系留学两年，所以能讲流利的韩国话。为人敦厚，工作非常能干，实质上是由他主导掌管妙妙公司的事务。虽然公司里妙妙娘家的亲戚很多，但没有一个人说过他的坏话。

妙妙从小就很会弹钢琴。十几岁时，就曾在以少年音乐家为对象的几个比赛中得过冠军。进入音乐大学，接受著名钢琴家的指导，然后又被推荐到法国的音乐学院留学。她所弹的曲目从舒曼、门德尔松之类浪漫派后期，到普朗克、拉威尔、巴托克、普罗科菲耶夫等前后为止。敏锐而感性的音色和强有力而完美的技巧是她的武器。从学生时代开始她就开了几次演奏会，风评也不错。看来在她眼前似乎已经展开一位音乐会钢琴演奏家的光明前途了。但因为留学中父亲健康情况恶化,妙妙只好盖起钢琴回国。从此以后她的手就不再碰键盘了。

"为什么能那么干脆地就把钢琴丢掉呢?"小堇有点顾忌地问,"如果不想讲的话,就不要讲好了,怎么说呢,我只是觉得有点奇怪而已。因为你到那时候为止,不是为了要当一个钢琴家而一直牺牲了很多东西吗?"

妙妙以静静的声音说:"为了要当一个钢琴家我所牺牲的不是很多东西,而是一切东西哟。包括我成长过程中的一切东西。钢琴要求我将全部的血和肉当作奉献的牺牲品,而且我不能对这个说No。一次都不能。"

"既然这样,你难道不觉得放弃钢琴不弹了很可惜吗?既然已经来到只差一步的地方了。"

妙妙好像反过来求小堇回答这个问题似的,一直盯着小堇的眼睛。深沉而笔直的视线。她那对眼珠底下,像激流中的滞留物似的,有几道无言的流势互相冲撞着。这些激流所卷起的东西,花了一些时间才落定在原来的地方。

"对不起,我多嘴问了不该问的事。"小堇道歉。

"没关系。只是我也还没办法回答而已。"

这个话题从此就再也没有在两个人之间被提出来过。

妙妙的办公室禁烟,她也不喜欢人家在她面前吸烟。所以开始工作后不久,小堇就决心戒烟,但因为过去是一天抽两包万宝路的,所以事情并没有那么顺利。从此过了大约一个月左右,她就像被切掉毛茸茸尾巴的动物般,精神失去了平衡(虽然那本来也算不上是她的资质特征）。当然也就经常半夜里打电话来。

"我老是想抽烟。没办法睡好，一睡着就会做噩梦，动不动就便秘。书也看不下去，文章更是一行也写不出来。"

"这种事戒烟的时候谁都会经验到。有一段时间多多少少会的。"我说。

"别人的事情怎么样说来都很简单噢，"小堇说，"我猜你大概一辈子从来没抽过烟吧。"

"如果别人的事情怎么样都不可以随便说的话，那世界会变成一个非常阴郁而危险的地方。你只要想一想斯大林所做的事就好了。"

电话那一头小堇长久沉默着。仿佛东部阵线的亡灵所带来的沉重沉默一般。

"喂，喂。"我出声问。

小堇终于开口："不过老实说，我写不出文章或许只是因为戒了烟的关系。当然我想那也是理由之一，不过不只是这样。或者该说，戒烟好像变成一个借口似的。好像说：ّ没办法写是因为正在戒烟的关系。那就没办法啦。'这样。"

"所以你就特别生气？"

"嗯，大概吧，"小堇很稀奇地坦白承认了，"而且不只是写不出来而已哟。最难过的是，对写文章这行为本身，已经不像以前那样有明确自信了。不久以前所写的东西重新拿起来读时，也觉得一点趣味都没有，到底想说些什么，连自己都抓不到重点。就像远远瞧着刚才脱下的脏袜子邋邋遢遢地掉落地上一样，些微有这种感觉。一想到那东西是自己花了相当多时间和精力特地写的，就觉得活着真厌烦。"

"这种时候,就可以半夜三点多打电话,把正沉入和平而具有记号性睡眠中的某个人象征性地挖起来呀。"

小堇说:"嘿,人会不会为了不知道自己现在正在做的事到底对不对而感到迷惑?"

"很少人不感到迷惑的。"我说。

"真的?"

"真的。"

小堇用指甲喀喀喀地敲着门牙。这是小堇在思考事情时的几种毛病之一。"老实说,我过去完全没有这种烦恼。我不是说我对自己有信心,或确信有才华之类的噢。我也不是这么自以为是的人。我知道我是个半桶水,没耐心而任性的人。可是从来没有迷惑过。就算多少做错过一些事,但我相信大体上来说,我是朝着正确方向前进的。"

"到现在为止你都很幸运啊,"我说,"一直很单纯,就像在插秧的时候能顺利地下很长久的雨一样。"

"或许是这样。"

"但最近却不是这样了。"

"对。最近不是这样。常常开始觉得自己过去好像一直都在继续做一些判断错误的事情似的,觉得好恐怖。半夜里会做一些活生生的梦,忽然吓醒,有一会儿不知道到底什么才是真正实在的,有没有?就是那种感觉。我说的,你懂吗?"

"我想我懂。"我说。

"我也许再也写不出什么小说了。最近我常这样想。我只是在那边蠕动着的不知天高地厚的愚蠢女孩子之一而已,只有自我意识特别强,一直傻傻地在追着不可能实现的梦而已。我也许应该赶快把钢琴盖子盖起来走下舞台去，在还没有太迟之前。"

"钢琴盖子盖起来？"

"比喻的意思嘛。"

我把听筒从左手移到右手拿。"我有切实的信心。就算你没有，我也有。你有一天一定能写出很棒的小说。只要读过你写的东西，就知道。"

"你真的这样想吗？"

"打心底这样想。不骗你，"我说，"这种事情我不会说谎。你到目前为止所写的文章中有很多令人印象深刻的杰出部分。例如你描写五月的海边时，我耳边就听得见风的声音，鼻子闻得到文章里有海潮的气味。两臂感觉得到太阳微微的暖意。例如你写到被香烟的烟雾所弥漫的狭小房间时，读着真的变得快窒息了。眼睛也痛起来了。这种有生命的文章并不是谁都会写的。你的文章里，有好像它自己会呼吸会动似的自然的流动和力量。现在只是那些还没有完整串联凝聚成一体而已。钢琴盖子不必盖起来。"

小堇沉默了10秒或15秒。"那不是安慰或鼓励之类的吗？"

"不是安慰或鼓励之类的，而是笔直而强有力的事实。"

"像伏尔塔瓦河一样？"

"像伏尔塔瓦河一样。"

"谢谢。"小堇说。

"不客气。"我说。

"你这个人有时候会变得非常温柔噢。好像圣诞节和暑假和刚出生的小狗全凑到一起了似的。"

我每次被人家夸奖时总是这样，嘴巴会含糊地嘀咕出莫名其妙的话来。

"不过我偶尔会心里挂着，"小堇说，"有一天你也会跟某个像样的女孩子结婚，而把我忘得一干二净。那时候我半夜想打电话也不能随便打了，对吗？"

"如果有话要说，可以在天黑以前打来呀。"

"白天不行啦。你真是什么都不了解。"

"你才是什么都不了解呢。世间大多的人都是在太阳下工作，夜晚把灯关掉睡觉。"我抗议道。不过那听起来好像有人在南瓜田里吟唱着牧歌式的自言自语似的。

"上次报纸上还登过，"小堇根本忽视我的发言，"说同性恋的女性生来耳朵里某块骨头形状和普通女性有决定性的不同。不知道叫作什么名字的很麻烦的小骨头。也就是说女同性恋并不是后天的倾向，而是遗传性资质噢。这是美国医师发现的。虽然猜不透他为什么会突然想到要开始研究这个。但不管怎么说，自从看到那报导以来，我对耳朵深处那没什么了不起的骨头开始变得在意得不得了哟。我想我的那块骨头到底长成什么形状呢。"

因为不知道该说什么才好，所以我沉默着。像在大大的平底锅里倒进新的油时那样的沉默暂时继续着。

我说："你对妙妙所感觉到的是性欲，没错吧？"

"我想百分之百没错，"小堇说，"出现在她面前时，耳朵里的那块骨头就会叮当叮当响。好像用薄薄的贝壳做的风铃一般。而且我希望她紧紧用力拥抱我。想把一切都交给她。如果说那不是性欲的话，那么我血管里流的就是番茄汁了。"

"嗯。"我说。没办法回答。

"这样想时,过去的种种就解释得通了。为什么对男孩子没有性欲呢,为什么对什么都没有感觉呢,为什么自己跟别人都不一样呢,我一直这样想。"

"我可以发表意见吗?"我说。

"当然。"

"一切可以顺利解释的理由和理论之中,一定会有什么陷阱。那是我的经验法则。就像有人说过的那样,用一本书就能说清楚的事,最好不要说。我想说的换句话就是,还是不要太快跳到结论比较好。"

"我会记得。"小堇说。然后说完竟然很唐突地就把电话挂断了。

我想象她把听筒放回去,走出电话亭离去的样子。时针指着三点半。我到厨房去喝一杯水,然后再钻进床上闭起眼睛。然而睡意并不容易回来。我拉开窗帘,白色的月亮像聪明的孤儿般沉默地浮在空中。实在不可能再睡着。于是我泡了一杯新的浓浓的咖啡,把椅子搬到窗子边,就在那里坐下来,吃了几片加上奶酪的饼干。然后一面看书一面等待天亮。

5

至于我自己,我想稍微谈一点。

当然这是小堇的故事,不是我的故事。但因为是透过我的眼睛来谈小堇这个人,谈她的故事的,所以在某种程度上也就变成有必要说明我是谁了。

不过要谈自己时,我总是会被卷入轻微的混乱中。伴随着"我是谁?"这个命题,必然会被古典的悖论所绊住。也就是纯从资讯量来说,在这个世界上当然没有任何人比我谈我自己能谈得更多了。不过当我要谈我自己时,被谈的我必然会被开谈的我——所有的价值观、感觉尺度、身为观察者的能力等,种种现实上的利害——所取舍、选择、规定、切除。那么,在这里被谈到的"我"的形象,到底有多少客观的真实呢?我对这点非常担心。或者应该说,从过去到现在一直都很担心在意。

不过世上大多的人看来几乎都没有感觉到这类的害怕或不安。人们只要一有机会,就会以直率得惊人的表达方式来谈自己。例如"我是一个会被人家说傻瓜的藏不住话的直肠子"或"我这个人很容易受伤,没办法跟社会上的一般人好好相处"或"我这个人很擅长看穿对方的心",把这种话挂在嘴上讲。不过我却曾经亲眼目睹好几次"容易受伤"的人不必要地去伤害别人的心。目睹"藏不住话的直肠子"的人，在不经意之下其实却把事情往有利于自己的方向去绕圈子合理解释。目睹"擅长看穿对方的心"的人，轻易被明明看得出只是嘴巴上奉承谄媚的人骗得团团转。那么我们其实对自己到底又知道什么呢？

这些事情想得越多，我对于谈我自己（即使在有必要这样做的时候）就越变得想要有所保留了。我想与其这样，倒不如尽量多知道一些关于所谓我这个存在之外的其他存在的客观事实。而且我想透过那些个别事项与人物在我心中所占位置的分布情形，或者包含那些在内的我所采取的平衡方式，尽量客观地掌握所谓我这个人的存在。

这是我在经历整个十几岁的年纪在自己心中培养起来的观点，或者说得大一点是世界观。就像泥水匠配合着拉紧的绳线把砖瓦一块一块叠砌起来一样，我把这一类的想法一点一点地在自己心中累积起来。与其说是理论性的，不如说是经验性的。与其说是思维性的，不如说是实务性的。不过对这种东西的看法，要简单易懂地对别人说明是很难的——我是在各种情况下亲身体验深深感触才学到的。

大概因为这样吧，从青春期中段的某个时点起，我开始在自己和别人之间画上一条眼睛看不见的界线。不管对任何人都保持一段距离，开始一面留意着不缩短距离，一面盯紧对方的出手方式。开始对别人嘴巴上说的话不轻易囫囵吞枣。我对世界毫无保留的热情，只限于在书本和音乐中才看得出来。而且也许是理所当然的吧，我变成一个说来算是孤独的人。

我出生并成长在一个极普通的家庭。甚至实在太平凡了，都不知道该从哪里开始谈才好。父亲从地方上的国立大学理学院毕业后，进入一家大食品公司的研究所上班。兴趣是打高尔夫。星期天总是去打高尔夫。母亲很喜欢创作短歌，常常去参加这种同好聚会。名字被刊登在报纸上的短歌栏时，有一段时间心情都会很好。她喜欢打扫，讨厌做饭。跟我相差五岁的姐姐则打扫做饭都讨厌，认为这种事情应该是由别人做的。所以在我能够站在厨房以后，就开始自己做自己吃的东西了。我买了食谱来，大多的东西都学会做了。会做这些事的小孩大概只有我而已。

我虽然生在东京都杉并区，但小时候就搬到千叶县的津田沼去，是在那里长大的。周围全都是同类型的上班族家庭。姐姐在学校的成绩特别优秀，她自己的个性也是成绩不考到最前面就不甘心的那种，总之一切没有用的事情她都一概不做。连家里养的狗她都从来不牵出去散步。从东京大学法学院毕业之后，第二年就拿到律师资格。她丈夫是能干的经营顾问。在代代木公园附近买了四房的豪华大厦住，但屋子经常像猪圈般凌乱。

我跟姐姐不同，对学校的功课完全没兴趣，对成绩的名次也没兴趣。因为不想被父母嘀咕，所以义务性地去上学，只把最低限度的预习和复习做完。此外就是参加足球队的活动，回到家就躺在床上，没完没了地看小说。既不去补习班，也不请家庭教师。虽然如此，学校成绩还不错。不如说算是好的。我想看情形也许完全不必为联考特别用功就可以考上某个稳当的大学吧。实际也考上了。

上了大学之后，我总算租了一间小公寓开始一个人生活了，但记忆中住在津田沼的家里时，我也几乎没有跟家人亲密地谈过话。我几乎不能了解同住在一个屋檐下的双亲和姐姐是什么样的人,还有他们对人生到底追求什么。我想他们大概也同样不了解我到底是什么样的人,对人生又追求什么。不过一提出这种事情来,连我自己也不太清楚自己对人生在追求什么。虽然我比一般人喜欢看小说,但并不认为自己写文章的能力已经到了足够立志当小说家的地步,而要当编辑或评论家又嫌自己偏好太激烈。小说对我来说纯粹是个人的喜好,应该悄悄地保留在除了读书和工作之外的别的地方。所以我大学主修的不是文学,而是历史。虽然并不是对历史特别关心,不过实际开始接触之后发现那是一门相当有趣的学问。但如果说因此就继续去上研究生院嘛(其实指导教授就曾经这样劝过我),又没有把自己全副精力奉献给历史学的心情。虽然我确实喜欢读书和思考事情,但毕竟不是一个适合当学者的人。如果借用一句普希金的诗的话,也就是说:

无意涉猎于诸国历史事件
堆积如山的陈年厚尘之中

摘自《尤金·奥涅金》

话虽这么说,却也不想在一般公司里找一个职位,加入不知何时方休的激烈竞争里求生存,在高度资本主义社会的金字塔斜坡上一步步往上攀登。

因此我经过所谓排除法的过程,选择了当教师。学校在离我住的公寓搭电车几个站的地方。碰巧我叔叔在那个市的教育委员会,他问我要不要当小学教师,因为有教育课程的问题,最初虽然只有讲师资格,但经过短期进修之后就可以取得正式教师资格。我本来并没有想当教师。但实际试着当了教师之后,发现居然对这工作比我预期的怀有更深的敬意和热爱。不,或许应该说,碰巧偶然发现怀有深深敬意和热爱的自己,这是比较正确的说法。

我站在讲坛上,对小学生讲解和教授与世界、生命和语言有关的基本事实,同时透过孩子们的眼睛和意识,也对我自己重新讲解和教授与世界、生命和语言有关的基本事实。因做法的不同,那可以变成既新鲜又有深度的工作。而且我还能够和班上的学生们、学校的同事们、学生的母亲们维持大致良好的关系。

虽然如此,但根本的疑问依然还留着。所谓我是什么?我在追求什么?要往哪里去呢?

和小堇见面谈话时,我最能活生生地感觉到所谓我自己这个人的存在。除了自己说之外,我其实更热中于倾听她说话。她问了我各种问题,想找到这些问题的答案。要是没有回答,她就会抱怨;在那回答在实际上没有效时,她就会认真地生气。在这层意义上,她跟其他大多数的人不同。小堇对这些问题打心里需要我的意见。所以我对她的问题逐渐变得能够切实地回答了。而透过这一问一答之间,我对她(同时也对我自己)也逐渐露出更多的我了。

我和小堇一见面,总是花很长时间谈话。不管谈多久,都不会厌倦。话题也谈不完。我们比一般恋人聊得更热心更亲密。聊关于小说、关于世界、关于风景、关于语言。

我经常在想,我跟她如果能成为恋人,不知道有多棒。真希望我的肌肤能感觉到她肌肤的温暖。可能的话,甚至希望能跟她结婚,跟她一起生活。然而另一方面,小堇对我却没有恋爱感情或性方面的关心,这点是绝不会错的。她到我住的地方来玩,谈得很投入,偶尔谈到深夜就那样住下来。但就是从来都没有一点微妙的迹象。到了半夜两三点时,她打了呵欠就上床,把脸埋在我的枕头上,便呼呼地睡着了。我在地板上铺好棉被躺了下来,却没办法顺利入睡,一面被妄想、迷惑、自我嫌恶和偶尔难以避免的肉体反应所恼,一面一直到外面天开始变亮了还醒着。

要接受她几乎(或完全)不关心我是个男性这个事实,当然不是一件简单的事。小堇在我眼前时,我面对着她有时会感到身体像被锐利的刀子切割般切实的疼痛。但不管会带来什么样的痛苦,能跟小堇相处的一段时光,对我来说都是无比贵重的。在她面前,就算是暂时的也好,我可以忘记孤独这基调。她把我所属的世界往外扩张一圈,让我可以大大地呼吸。能够做到这个的只有小堇一个人。

所以我为了减轻痛苦,回避危险,便开始和其他的女性发生肉体关系。我想这样的话,和小堇之间就可以不必介入性方面的紧张了。我在一般的意义上,并不是很有女人缘。并没有天生比人强的男性魅力,也没有什么特殊才能。但不知道为什么(我自己也不知道原因)就是有某种女人对我感兴趣,有意无意地靠近来。而且只要能自然地得到那样的机会,要和她们发生性关系并不是很难的事,有一段时间我发现了这个事实。虽然其中看不出足以称之为热情的东西,不过至少有某种舒服的感觉。

我跟其他女人有这种性关系,对小堇我并没有刻意隐瞒。虽然没有谈到细节,但她知道大概的情形。可是她并不怎么介意。如果其中有什么问题的话,就是这些女性对象年纪全都比我大,有先生或未婚夫或男朋友。最新的对象,是我带的班上学生的母亲。我跟她每个月有两次,悄悄约会睡觉。

这种事情总有一天会要你的命噢,只有一次小堇忠告我。恐怕正如她所说的吧,我也这样想。不过对这事情,我也一点办法都没有。

七月初的星期六有一次远足。我带班上的35个学生到奥多摩去登山。就像每次那样在欢乐兴奋中开始,却在无法收拾又乱成一团中结束。到山顶之后一看,班上有两个学生忘记把便当放进背包里。周围并没有什么商店。没办法,我只好把学校给我的海苔卷便当各分一半给这两个学生。我吃的东西没了。虽然有人分给我牛奶巧克力,可是从早晨到傍晚之间,我吃进嘴里的只有这个而已。然后一个女孩子开始说她已经走不动了,我不得不背着她走下山。两个男孩子半开玩笑地扭打起来,一个不小心跌倒时头撞到石头,引起轻微的脑震荡,流了大量的鼻血。虽然不是很严重,但那孩子所穿的衬衫,却好像发生什么残杀后似的全都是血。

就因为这样,我累得好像老旧枕木般筋疲力尽地回到家。我泡了澡,喝了冷饮,什么也没想地钻进床上,把灯关掉,就那样安详地入睡了。这时候小堇打电话来。我看看枕边的闹钟,才睡一小时多一点而已。虽然如此,我还是没抱怨。太累了,连抱怨的力气都没有了。也有这种日子。

"嘿,明天下午能不能见个面?"她说。

傍晚6点有一个女人要来我住的地方。她会把红色丰田赛利卡停在稍离一段距离外的停车场里,来按我的门铃。"4点以前的话有空。"我简洁地说。

小堇穿着白色无袖衬衫、深蓝色迷你裙,戴着小小的太阳眼镜。身上的饰品只有塑胶发夹而已。装扮非常simple。也几乎感觉没有化妆。她几乎是以天生的样子暴露在这个世界。但不知道为什么我起初还认不太出是小堇。上次见面之后才经过不到三星期,但隔着桌子眼前所看到的她,却显得跟以前的小堇属于不同世界的人似的。非常克制地说,也就是她变得非常漂亮。有什么在她内部开花了。

我点了小杯的生啤酒,她点了葡萄柚汁。

"最近的你,每次见面都差一点认不出来了。"我说。

"就是这种时期呀。"她一面用吸管吸着果汁,一面像在谈别人似的说。

"什么样的时期呢?"我试着问她。

"嗯,大概就像迟来的青春期吧。早上起来一照镜子,有时候会觉得自己看起来像别人似的。搞不好,我会被我自己抛下走掉也不一定。"

"干脆就让她先走不是很好吗?"我说。

"那么失去了我自己的我,到底要进入哪里去寄身才好呢?"

"两三天的话,可以住在我的公寓。如果是失去你自己的你的话,随时都欢迎。"

小堇笑了。

"笑话可以打住了,"她说,"我到底在往哪里走啊?"

"不知道。不过总之你戒了烟,穿上清洁的衣服,穿上左右成对的袜子,会说意大利语,学会选葡萄酒的方法,也会用电脑了,暂且也变成会晚上睡觉早上起床了。大概正朝某个方向前进着吧。"

"而且小说照旧一行也没写。"

"任何事情都有好的一面,有坏的一面。"

小堇嘴巴弯起来。"嘿,这种情形,你觉得是不是一种变节?"

"变节?"我一瞬间还不太了解那话的意思。

"变节。信念和主张弯曲改变了。"

"你是说,开始去工作,穿着打扮变得漂亮一点,停止写小说的事吗?"

"对。"

我摇摇头。"你以前是想写小说所以写,现在如果不想写了,就没有必要写。你停下来不写小说了,一个村子不会因此而烧毁。一艘船也不会因此而沉没。大海的潮汐不会因此而凌乱。革命也不会因此而延迟五年。这种事我想谁也不会称它为变节。"

"那么该称它为什么呢?"

我又摇摇头。"或许只是单纯因为近来谁也不再使用所谓'变节'这个字眼了吧。或许那只是已经退流行被人家荒废掉了也不一定。如果到某个依旧残存的公社（commune）去,也许人们还把那叫作变节也不一定。详细情形我不知道。我所知道的只有,如果你已经不想写了,就没有必要去写什么啊。"

"所谓公社,就是列宁所建立的那个吗?"

"列宁所建立的是苏联的集体农场（kolkhoz）。那大概一个也没剩了。"

"倒也不是不想写,"小堇说着,考虑了一下,"只是就算想写,也什么都写不出来。坐在书桌前面,脑子里也浮现不出创意或语言或情景等。真的是连一丝一毫都没有。不久以前脑子里还有一大堆写不完的东西想写哟。到底发生了什么事呢?"

"你在问我吗?"

小堇点点头。

我喝了一口冰啤酒。在脑子里整理着。

"你现在,大概是正想把自己往一个新的虚构的框框里放。因为那边太忙了,你的心情没有必要化为文章的形式,一定是这样。或者没有那个余裕吧。"

"我也不太清楚,你呢? 你也一样把自己放在虚构的框框里吗?"

"世间大多的人,都把自己放在虚构中。当然我也一样。你试着想一想车子的变速器好了。那就像放在与现实的粗暴世界之间的变速器一样。把外来力量的作用,用齿轮巧妙调整,转换成容易接受的状况。借着这样来保护容易受伤的活生生的身体。我说的你了解吗?"

小堇轻轻点头。"大概。但我还没能够顺利适应那新的虚构框框。你想说的是这个吗?"

"最大的问题是,你自己还不知道那到底是什么样的虚构。既不知道大纲,也没确定文体。已经知道的只有主角的名字而已。虽然如此,但它正想把所谓你这样一个人改造成具有现实性的。如果再过一段时间的话,那新的虚构也许会为了保护你而顺利启动,你也会开始看见新世界的模样。但现在还没有。当然,也会有危险。"

"也就是说,我已经把自己旧的变速器拆掉了,要换新的,却还正在转紧螺丝的途中。然而引擎却已经轰轰地在开始旋转了。你是指这个?"

"恐怕是。"

小堇摆出平常那副不高兴的脸色,用吸管尖端长久一直戳着可怜的冰块。然后抬起脸来看我。

"我也知道其中有危险。该怎么说才好呢? 有时候我好担心。好像框框一下子被拆掉了似的无依无靠。心情像在没有引力的牵绊下,一个人独自漂流在黑漆漆的太空里似的。连自己在往什么方向前进都不知道。"

"就像迷了路的人造卫星Sputnik一样吗?"

"也许是。"

"可是你有妙妙。"我说。

"到目前为止。"小堇说。

然后暂时有一段沉默。

我试着问她:"你想,妙妙也一样在追求那个吗?"

小堇点点头。"我想她也一样在追求那个。大概跟我差不多一样强烈。"

"其中也含有身体的领域吗?"

"这很难说。我还不太能掌握。我想说的只是她那边的情形,我想我也正为这个迷惑、混乱。"

"古典的混乱。"我说。

小堇只把闭紧的嘴唇稍微一撇以代替回答。

"可是你这边已经准备好了。"

小堇只点了一次头。很切实地。她是认真的。我把背深深靠在椅背上,双手交叉在脑袋后面。

"我希望你不要因此而讨厌我噢。"小堇说。她声音像让-吕克·戈达尔的古老黑白电影台词一样,从我意识的框框之外传了过来。

"我不会因此而讨厌你的。"我说。

接下来再见到小堇,是在两星期后的星期天。我帮她搬家。因为搬家是突然决定的,只有我一个人帮忙,不过除了书之外,她的东西只有一点点,所以并不费事。贫穷至少也有这样一个好处。

我向朋友借了一辆丰田海狮,帮她把行李运到代代木上原的新居去。虽然不是特别新或气派的大厦,不过比起可以称之为历史保留建筑般的吉祥寺木造公寓来,真可以说是显著的进化。这是跟妙妙很熟的房地产中介帮忙找的房子,以地段的方便来说,房租并不算贵,窗外视野也很好。房间大了两倍以上。确实有搬家的价值。离代代木公园很近,如果想走路到办公室的话,并不是不可能。

"从下个月开始我决定每周工作五天,"小堇说,"每星期只上三天好像有一点不够尽力,每天去上班反而轻松。房租比以前高一点了,妙妙也说成为正式职员在各方面都比较方便。现在反正待在家也写不出什么来。"

"这样或许不错。"我说。

"每天上班,生活也不得不变规律起来,以后大概不会再半夜三点半打电话到你家了。这也是有利点之一噢。"

"这是很大的有利点之一。"我说,"不过你住的地方离国立市远了,倒有一点寂寞就是了。"

"你真的这样觉得吗?"

"当然。这颗不含杂念的心,真想拿出来给你看看。"

我在新房子铺木板的地上坐下来,靠着墙壁。由于家具设备压倒性的不足,房间显得空旷旷的缺乏生活感。窗户没有窗帘,书架上摆不下的许多书像知性难民般堆积在地上。只有挂在墙上的等身大镜子特别醒目,那是妙妙送的搬家礼物。听得见黄昏的风传来公园乌鸦的声音。小堇在我旁边坐下来。"嘿。"小堇说。

"嗯?"

"就算我是个没有用的女同性恋,你还能跟以前一样把我当朋友吗?"

"就算你变成一个没有用的女同性恋,那跟这也是另一回事。没有你的生活就像没有收录《Mack the Knife》这首歌的《鲍比·达林精选集》一样。"

小堇眯起眼睛看我的脸。"我不懂你所比喻的细节是什么意思,不过那总之是非常寂寞的意思吗?"

"大概就是这样吧。"我说。

小堇把头靠在我肩膀上。她的头发用发夹固定在后面。露出形状小巧美丽的耳朵。好像刚刚才做好似的漂亮耳朵。柔软而容易受伤的耳朵。我的皮肤可以感觉得到她呼吸的气息。她穿着粉红色小短裤、褪色的深蓝色素面T恤。T恤上看得见小小的乳头形状。轻微有汗的气味。那既是她的汗的气味,也是我的汗的气味,两种微妙地混在一起。

我想拥抱小堇的身体。而且被一股想把她就那样推倒在地板上的强烈冲动所袭。但我知道那是没有用的。就算那么做,也不会有什么结果。我呼吸非常困难,有一种视野急遽缩小的感觉。时间找不到出口,在原地打转。我长裤底下欲望正在膨胀,变得像石头一般硬。我感到混乱、迷惑。但总算重新调整好姿势。把新的空气送进肺里,闭上眼睛,在那漫无边际的黑暗中,慢慢地数着数字。我那时所感到的冲动实在太激烈了,眼睛甚至渗出眼泪来。

"我也喜欢你哟,"小堇说,"在这广大的世界上比任何人都喜欢。"

"仅次于妙妙吗?"

"妙妙又有点不同。"

"怎么个不同法呢?"

"我对她所感觉到的感情,跟对你所感觉到的是不同种类的。也就是说……对了,该怎么说才好呢?"

"我们这种凡庸的没有用的异性恋者,倒有相当便利的表达方式,"我说,"这种时候只要说一个词'勃起'就行了。"

小堇笑了。"除了想当小说家的愿望之外,过去我对人生没有任何强烈的要求。我一直以来都只满足于自己手上拥有的东西,除此之外并不需要什么。但现在,就是此时此刻,我需要妙妙。非常强烈。我想得到她。希望她成为我的。我不能不这样。这里头完全没有所谓的选择余地。为什么会变成这样呢,我自己也不知道原因。嘿,是这样子吗?"

我点点头。我的阴茎还没失去那压倒性的硬度。我祈祷小堇没有发现。

"格劳乔·马克斯有一句很棒的台词,"我说,"'她强烈地爱恋着我,因此已经搞不清楚事情前后的界线了。那就是她爱我的原因。'"

小堇笑了。

"我想如果顺利就好,"我说,"不过最好要非常小心。你还没有被保护得够好。不要忘记这个。"

小堇什么也没说,拿起我的手,轻轻握着。她柔软的小手,微微有点汗湿。我想象她那手碰触我坚硬的阴茎,爱抚着的情景。要不去想象那个,都不行,我无法不想象。就像小堇说的,这里没有所谓的选择余地。我想象自己的手脱掉她的T恤,脱掉她的短裤,正在脱她内衣的情景。想象我的舌尖,感触着她硬挺紧缩的乳头的情景。然后我把她的脚拨开,进入那湿湿的里面去。慢慢地,一直到黑暗的更深处去。那个正招引着我,把我包进去,然后又要推出来……我怎么也无法停止那妄想。我再一次紧紧闭起眼睛,让一段浓密的时间渐渐通过。我低垂着脸,静静等待热风从我头上吹过去。

要不要一起吃晚饭,小堇邀我。但我必须把借来的海狮在当天之内开到日野还人家。而且更主要的是,我想跟我强烈的欲望单独相处。我不想再把活生生的小堇继续卷进那里头。在她身边我没有自信能控制自己到什么地步。我甚至觉得如果超越某一点之后,我可能就会变成不是我了也不一定。

"那么,过几天我请你吃一顿正式的晚餐。有铺桌巾附葡萄酒的那种。大概下星期,"临别时小堇跟我约定,"所以周末要把时间留给我噢。"

我说会留给你。

走过等身大的镜子前面时,我若无其事地看一下,上面映出我的脸。那张脸露出有点奇怪的表情。那确实是我的脸,然而那却不是我的表情。但我并没有再特地转回去仔细查看一次的心情。

她站在新居门口,目送我离开。还很稀奇地对我挥挥手。不过终究,正如许多美好约定一般,那个晚餐的约定并没有实现。八月初,我收到小堇寄来的一封长信。

6

信封上贴着大大的色彩鲜艳的意大利邮票。邮戳是罗马的,但日期看不清楚。

那天我时隔很久,难得到新宿街上纪伊国屋书店买了几本新出版的书,到电影院去看了吕克·贝松的电影。然后到啤酒馆去吃鳀鱼披萨,喝中杯的黑啤酒。然后赶在高峰时段来临前搭中央线电车,一面看刚买的新书一面回到国立。打算做个简单的晚餐,然后看电视足球赛转播。非常理想的暑假过法。又热又孤独又自由,我不妨碍谁,谁也不妨碍我。

回到公寓,门口信箱里就有那封信。虽然没写寄件人名字,但一看字迹我立刻就知道那是小堇寄来的。很象形、浓密、坚硬而不妥协的字。令人联想到在埃及金字塔偶尔发现的古时候的小甲虫。好像现在立刻就要蠢蠢欲动起来,就那样回到历史的黑暗中去了似的。罗马?

我先把在回程的路上从超级市场买来的食品放进冰箱,整理好,倒了一大杯事先冰透的茶来喝。然后在厨房的椅子上坐下,用现成放在手边的水果刀割开信封。读了信。五张印有罗马精品饭店名字的信纸,用蓝墨水将细细的字密密麻麻地写得满满的。光写这些大概就要花掉很多时间吧。最后一张的角落,沾上某种像污点似的东西(咖啡?)。

*

你好吗?

没有任何预告就唐突地收到我从罗马寄来的信,想象你一定吓了一跳吧。或者你实在太酷了,要吓你的话,罗马才不够呢。也许罗马的观光味道太重了。非要像格陵兰、通布图或麦哲伦海峡之类的地方才行,是吗?话虽如此,我自己对我这样身在罗马的事实,倒是相当惊讶。

不管怎么说,谢谢你帮我搬家,那时候约好要请你吃晚饭的,结果却爽约了,真抱歉。事实上一搬完家之后,突然立刻决定要到欧洲。于是不得不急急忙忙去办护照,去买皮箱,把做到一半的工作解决掉,忙东忙西的,在一片大乱中日子很快就过去了。你也知道我这个人记性不太好,只要我记得,我是会很遵守约定的。所以这件事首先要向你道歉。

我在新家住得很舒服。虽然搬家这种事实在麻烦(就算其中大部分都已经由你接下来包办了,对这点我很感谢,但还是很麻烦),忙完之后倒是相当不错噢。跟住在吉祥寺实在不一样,这里虽然没有鸡,但却有很多叫声像请来代哭的老太婆似的很吵闹的乌鸦。天一亮,这些家伙就不知从哪里成群结队地飞到代代木公园里来,好像世界末日要来了似的凶猛地呱呱乱叫,实在没办法安静睡觉。甚至连闹钟也不需要了。托它们的福,我终于开始过起跟你一样的农耕民族式早睡早起的生活。总算有一点了解被人半夜三点半打电话来是什么滋味了。现在虽然只不过是"总算有一点"而已。

我现在在罗马的一条巷子深处的一家露天咖啡厅,一面啜着像恶魔的汗一般浓的意式咖啡一面写这封信,但该怎么说才好呢,正尝到自己好像不是自己似的有些不可思议的滋味。我不太能够恰当地说明,不过对了,就像正睡得很沉的时候,不知道被谁像分解零件般零零散散地分解过一次,然后又被急急忙忙组合起来似的那种感觉,这样说不知道行不行。这种感觉你了解吗?

不管从头到尾怎么看,虽然我确实还是我自己,不过却好像有一点跟平常不一样的感觉。但我又想不太起来"平常"是什么样子了。自从飞机降落以来,我就被这种很真实的脱结构式错觉——这应该是错觉吧——所迷惑。

这样的现在,一想到"为什么我现在会这样(偏偏不凑巧)身在什么罗马呢?",周围的一切事物,就变得不可思议得不得了。当然循着过去以来的经过情形走下来的话,"我在这里的事实"自然也有一些道理,但实际的感觉上我却还无法接受。不管怎么勉强找理由,在这里的我,和我所认为的我自己无法融为一体。换句话说,就是"老实说其实我也可以不在这里"。这真是不得要领的说法,不过你了解我想说什么吗?

可是只有一件事是确定的。那就是但愿你能在这里。跟你远远离开之后——就算跟妙妙在一起——我还是觉得很寂寞。如果离得更远的话，我想还会更寂寞吧，一定的。如果你对我也有同样感觉的话，我会很高兴。

　　就这样，我现在正和妙妙两个人在欧洲旅行。她有几件工作要办，本来预定一个人花两星期到意大利和法国各地转一圈的，后来决定我也以秘书身份同行。事先没有预告，有一天早上突然告诉我，我也吓了一跳。虽说是秘书，其实我觉得跟在身边也没什么用处，不过因为以后或许需要，还有最主要是妙妙说这是"戒烟成功的奖赏"。那么，长期忍耐戒烟的痛苦也有了价值。

　　我们先搭飞机到米兰，在街上观摩一番，然后租了蓝色的阿尔法罗密欧上高速公路往南开。到托斯卡纳绕了几家葡萄酒酿酒厂，谈定生意，在小村子的可爱旅馆住了几夜，然后到达罗马。生意总是用英语或法语谈，所以没有我出场的机会。不过旅行中的日常生活里我的意大利语倒是相当派上用场。如果到西班牙的话（很遗憾这次没去），我可以帮她更多忙。

　　我们所租的阿尔法罗密欧是手排挡的，我只能投降。所以驾驶由妙妙一手包办。但她长时间开车似乎也完全不以为苦。在托斯卡纳丘陵地带转弯很多的道路上，一面有节奏地反复上下换挡一面轻松地穿越驰骋，看着她那样子，我的心（不是开玩笑）在颤抖。远离日本，光是坐在她身旁不动，我就觉得很满足了。可能的话，但愿能永远这样。

　　要开始写意大利葡萄酒和食物的美味，可能会变得非常长，所以这留到下次有机会再说。在米兰我们逛了一家又一家的店，买了许多东西。衣服鞋子内衣之类的。我除了忘记带的睡衣之外，什么也没买（既没有那么多钱，而且漂亮东西又实在太多了，真不知道该买什么才好。这种场合我的判断力，就像保险丝断了一样噗哧地停掉），我只要陪妙妙买东西就够开心了。她怎么说都是精通买东西的，真的选的全是漂亮东西，只买一点点。就像点的菜只挑最美味的部分吃一口一样。非常聪明而迷人。在看她挑高级丝袜和内衣时，我好像一下子呼吸困难起来。额头甚至开始冒出汗来。这种现象真奇怪。因为是女孩子啊。不过，一写起买东西的事也会变得很长，所以还是割爱。

我们在饭店分别各开一个房间睡觉。妙妙对这种事相当神经质。不过只有一次，在佛罗伦萨订饭店时搞错了，弄成一个大房间两个人住。虽然是两张单人床，但跟她两个人在同一个房间睡，还是令人心跳的经验。我看见她围着浴巾从浴室走出来，也看见她在换衣服的时候。当然装成没看见似的一面在看书，眼角却一面稍微瞄一下。妙妙身材非常耀眼。虽然不是全裸，穿着很小的内衣，但依然是令人赞叹的身材。修长苗条，臀部紧缩，看来简直像工艺品般。真想也让你看一看——这么说虽然有点奇怪。

我曾经想象自己被那修长苗条而滑溜溜的身体拥抱的情形。我跟她在同一个房间，在床上做这会让心缭乱的想象时，觉得自己好像会被推挤流出到不同的地方去似的。我想大概因为这样兴奋的关系吧，那天晚上我的生理期比预计早来了很多，结果很糟糕。嗯。我想这种事情写信给你也没什么用，不过这是一件事实。

昨天晚上我们在罗马听音乐会。虽然是淡季，我们对音乐也

70

没有特别期待,但还是遇到一场非常有魅力的演奏会。玛塔·阿格里奇弹李斯特的第一钢琴协奏曲。这是我最喜欢的曲子。指挥是朱塞佩·西诺波里。果然是大师的杰出演奏。背脊挺直,视野宽广,流畅华丽的音乐。不过以我的喜好来说,或许有些太堂皇了。对我来说,这首曲子如果能稍带一点另类的味道,像大规模乡村庆典般的演奏方式,也许反而更合适。把太难的部分拿掉,总之我喜欢活泼得令人会心怦怦跳的感觉。这点我跟妙妙意见一致。因为佛罗伦萨在举行维瓦尔第的音乐节,因此提到要不要也去那里看看。就像跟你谈到小说时一样,我可以跟妙妙谈音乐谈个没完。

这封信已经写相当长了噢。我只要一提起笔来开始写文章,中途好像就没办法停下来。从以前就这样。人家说教养好的女孩子不会在别人家待太久,关于写东西(也许并不限于写东西,别的也一样),我的教养真令人绝望。穿着白色上衣的餐厅领班叔叔,常常会一面看我这边一面吓一跳的样子。不过居然连我的手也写酸了,所以差不多要在这里停笔了。信纸也快用完了。

妙妙去见她住在罗马的老朋友了,我一个人在饭店附近稍微散散步,走进眼前看到的咖啡馆休息,这样拼命给你写信。简直像从无人岛上,把信装进瓶子里丢到海里去一样。很奇怪,一离开妙妙,我一个人的时候就提不起劲,不会想去什么地方。好不容易第一次来到罗马街上(而且可能不会再来第二次也不一定),却不想去看什么遗迹,不想去看什么喷泉,也提不起兴致去买东西。像这样坐在咖啡厅的椅子上,鼻子像狗一样嗅着街上的气味,耳朵倾听周围的声息和音响，望着眼前走过的行人的脸，光是这样我就够了。

于是现在我忽然注意到，在这样给你写着信之间，我最初说的"觉得变成零零散散的奇怪心情"好像多少变淡了些似的。我已经不太在意了。就像半夜里给你打完长电话，从电话亭走出来时的心情一样。难道你有这种类似现实性的效用吗？

你自己怎么想呢？不管怎么说，请为我的幸福和幸运祈祷好吗？我一定很需要这种东西。

再见。

追伸

大概8月15日左右回国。然后，趁暑假还没结束之前，依照约定一起吃个晚餐吧。

*

5天过后，从一个名字都没听过的法国村庄寄来了第二封信。这次的信比上次的短一点。小堇和妙妙把租的车子在罗马还掉，搭火车到佛罗伦萨去。在那里听了整整两天的维瓦尔第。演奏主要在维瓦尔第担任司祭的教堂举行。她写道："听了太多维瓦尔第，以至于往后半年都不会想听维瓦尔第的地步。"并记述在佛罗伦萨的餐厅所吃的烧烤纸包海鲜之美味。描写相当生动，连我都想立刻到那里去吃同样东西的程度。

到佛罗伦萨之后，两个人又回到米兰，从那里搭飞机飞到巴黎。在巴黎稍微休息之后（并且又再购物），再搭火车到勃艮第去。妙妙的好朋友拥有庄园般的大宅院，两个人决定去住那里。在这里妙妙也和在意大利时一样，走访了几处小葡萄酒仓，把生意谈定。空闲的下午，就带着装了野餐盒的篮子到附近的森林去散步。当然也带了几瓶葡萄酒。"葡萄酒在这里就像梦一般美味。"小堇写道。

"不过，当初8月15日要回日本的预定似乎要变更了。我们在法国的工作结束后，可能会到希腊的海岛去，在那里放松一下筋骨。我在这里偶然认识的英国绅士（真正的绅士）在那不知道叫作什么的小岛上拥有别墅，他说不用客气可以尽情住。真是令人心动的事啊。妙妙也动了念头。因为我们也需要完全放开工作稍微悠闲地度个假。然后我们要在爱琴海的雪白沙滩上躺下来，让两对美丽的乳房迎向太阳，一面喝放有松脂的葡萄酒，一面尽情过瘾地眺望天空流动的云。你不觉得这样很棒吗？"

我觉得那确实会很棒。

那天下午我到市立游泳池游一下泳，回程在冷气充足的咖啡店看一小时左右书。回到房间，一面听着Ten Years After乐队的老唱片两面，一面烫了三件衬衫。衣服烫好之后，用巴黎水调一杯打折时买来的便宜白葡萄酒喝，看预先用录影带录下来的足球比赛。看到"要是我的话就不会传这种球"的传球时，就不禁摇头叹气。批评不认识的别人的失误是既容易又痛快的。

足球赛结束后，我深深沉入椅子里，一面漫无目的地望着天花板，一面想象在法国村子里的小堇。现在这时候或许已经转移到希腊的某个岛上去了也不一定。或许正躺在沙滩上，眺望着天空流动的白云也不一定。不管怎么说，她都在离我非常遥远的地方。不管是在罗马，还是在希腊,在通布图,在阿鲁安达,在任何地方都好。总之都非常非常遥远。而且今后她恐怕还会离我越来越远。一想到这里,我就觉得很难过。好像在月黑风强的夜晚,一只莫名其妙既没有安排也没有信条,只是紧紧趴着的无意义的虫子一样的心情。小堇说离开我"很寂寞"。但她身边有妙妙在。而我则谁也没有。我——只有我而已。跟平常一样。

到了8月15日小堇还没有回来。她的电话依然是"旅行中"的没表情录音回复。小堇搬家后立刻买了附有录音功能的电话。可以不必在下雨的夜晚撑着伞走到附近的电话亭了。正常而健康的想法。我并没有留下什么录音留言。

18日我再打了一次电话。依然还是"旅行中"。在短短的无机性讯息声响完后我报了名字。留下"回来后请给我电话"的简单留言。但在那之后,她也没打电话来。大概妙妙和小堇已经完全爱上那希腊的海岛,而不想回日本了吧。

我在那期间,有一天参加了学校足球社团的比赛训练,有一次和"女朋友"睡觉。她跟先生和两个小孩一起到巴厘岛去旅行度假,才刚回来,所以晒得很漂亮。因为这样,我一面抱着她,一面没办法不想起在希腊的小堇。一面进入她里面,一面没办法不想象小堇的身体。

如果我不认识小堇这个人的话,或许我在某种程度上会真心喜欢比我大7岁(而且儿子是我班上学生)的她也不一定。或许对和她的关系会比较投入也不一定。她既美丽、有行动力,又温柔。以我的偏好来说,虽然化妆稍嫌浓了一些,但服装品味蛮好的。还有她有点在意自己太胖,但其实一点也不胖。是属于成熟而无可挑剔的身体。她非常知道我要什么、不要什么。也很懂得该进到什么地方、该在什么地方停止才好——在床上,或在床外,都一样。她让我感觉心情简直像坐飞机的头等舱似的。

"我跟我先生已经将近一年没做了,"有一次她在我臂弯里坦白说,"只有跟你做。"

但我无法爱她。因为和小堇在一起时,我总会感觉到的那种几乎可以说是毫无条件的自然亲密感,跟她之间却无论如何都无法产生。总好像隔着一层薄薄的、透明的纱似的。像看得见又像看不见的程度。但其中有隔阂存在的事实则没有改变。因此,两个人见面时——尤其是临分手时——会变得不知道该说什么才好。那是跟小堇在一起时从来没有经验过的感觉。我每次跟她见面,只会因此而更确定自己是多么需要小堇,这个不可动摇的事实。

她回去之后,我一个人出去散步,暂时漫无目的地走着,然后走进车站附近的酒吧点了一杯加拿大俱乐部威士忌加冰块。每次在这种时候,我都觉得自己像个无比差劲丑陋的人。我把第一杯立刻喝干,又点了第二杯。然后闭上眼睛,想着小堇。想着在希腊某个海岛纯白的沙滩上,露出胸部正在做着日光浴的小堇。邻桌四个像大学生般的男女,正一面喝着啤酒一面愉快地高声谈笑着。音响喇叭传来休·路易斯与新闻合唱团令人怀念的曲子。闻到一股烤披萨的香味。

我忽然想到以前的日子。我的成长期(应该这么称呼)到底是在什么时候什么地方宣告终了的?那到底真的结束了吗?就在不久以前,我还确实是在往成熟迈进的不完整的途中。休·路易斯与新闻合唱团有几首曲子正在畅销中。那是几年前的事。而我现在却像这样,被关在一个密闭的圈圈里。我在同一个地方一直不停地兜圈子打转。一面知道什么地方也到不了,一面却停不下来。我不得不这样做。不这样,我不知道要怎么好好活下去。

那一夜有一通电话从希腊打来。半夜两点。但打电话的却不是小堇,而是妙妙。

7

起初一个男人粗粗的声音，用口音很重的英语报我的名字。"没有错吧？"他大吼道。凌晨两点，我当然正在熟睡中。脑子里好像大雨中的水田般非常茫然模糊，分不清楚。床单上还隐约留着下午做爱的记忆，就像毛衣的扣子上下扣错了似的。一切事物与现实的接点都各搞错了一格。男人再说了一次我的名字。"没错吧？"

"没错。"我回答。虽然听起来实在不像我的名字，但总之是我的名字。然后，好像两种不同的空气勉强互相摩擦所发出的声音般，连续发出一阵强烈的噪声。大概是小堇从希腊打来的国际电话吧。我把听筒稍微拿离耳朵一点，等着听她的声音传过来。但电话传来的声音并不是小堇，而是妙妙的。"你大概听小堇提过，知道我是谁吧？"

知道，我说。

经过电话传过来，她的声音听起来很远，扭曲成无机质的东西，但依然充分听得出其中紧张的调子。某种僵硬的东西，简直像干冰的烟似的从电话口流出到房间里来，使我清醒过来。我从床上坐起身，把背挺得笔直，重新握紧听筒。

"我没时间慢慢说，"妙妙很快地说，"我是从希腊的岛上打的，这里的电话几乎跟东京连接不上，就算接通了也会立刻断掉。我试了很多次都不顺利，现在好不容易才接上。所以我想客套就免了，只谈事情。可以吗?"

没关系,我说。

"你能来这里吗?"

"你说这里,是指希腊?"

"对。越快越好。"

我把最先浮现脑海的话说出口:"小堇发生什么事了?"

妙妙隔了一个呼吸的空白。"这还不确定。不过我想她会希望你在这里。不会错。"

"你想?"

"电话上没办法说。线路或许随时会断掉,而且问题很微妙,可能的话我希望面对面谈。来回的费用我会付。请想办法飞到这里来。越快越好。头等舱也好,什么都好,尽快买票。"

10天后新学期要开学了。在那之前不能不回来,不过如果想现在去希腊并不是不可能。假期中有两次必须到学校去办的事。不过应该可以安排。

"我想我可以去,"我说,"应该没问题。那么我要去哪里才好呢?"

她把那个岛的名字告诉我。我在枕头边一本书的封底上记下来。以前曾经在哪里听过的名字。

"你从雅典搭飞机到罗得岛,再从那里搭渡轮。到这个岛的船一天只有两班,中午以前和傍晚而已,所以这时间我会到港口去看着。你会来吧?"

"我想我会想办法去。只是我——"我正说到一半,电话就啪地断了。就像有人用厚刃大刀把绳子剁断般唐突、暴力。而且像最初一样的强烈噪声又回来了。我想或许线路还会再连上一次,于是把听筒抵着耳朵等了一分钟,但传过来的只有非常干扰耳朵的杂音而已。我放弃地放下听筒,下了床。到厨房去喝一杯冰麦茶,靠在冰箱门上整理我的脑袋。

我真的现在就要去搭喷气式飞机,前往那个希腊的海岛吗?答案是 Yes。没有其他选择。

我从书架上抽出大本世界地图来,试着查出妙妙告诉我的海岛位置。就算有离罗得岛很近的线索,但是要从散布在爱琴海上无数大大小小的海岛中找出那岛来却不简单。不过我还是终于找到用小字印刷的那名字来。是一个离土耳其边境很近的小岛。因为实在太小了,所以也看不太出形状来。

我从抽屉拿出护照来,确认还没过期。我把家里有的现金搜集起来放进皮夹。虽不是什么大不了的金额,不过另外不够的等到早上还可以用卡从银行提出来。账户里除了从以前一直存下来的存款之外,碰巧夏季的奖金几乎没动都还留着。还有信用卡,到希腊的来回机票我还买得起。我抓了几件换洗衣服和盥洗用具,塞进平常去健身房时所用的塑胶运动袋。两本曾经想过如果什么时候有机会要重新再读的约瑟夫·康拉德的小说。至于游泳衣我犹豫了一下,结果还是决定带去。到了岛上说不定问题已经完全解决,大家都健康快乐,太阳和平安稳地在空中,于是在那里优哉游哉地游个泳再回来,也有这种可能性——而且不用说,那应该是对谁都最好的结果。

这些都准备好之后,我回到床上。关掉电灯,把脸埋进枕头。才过三点,到早上为止应该还可以再睡。但我却没办法睡着。强烈杂音的记忆还留在我的血管里。耳朵深处男人的声音在喊着我的名字。我打开电灯,又下床走到厨房,倒一杯冰茶来喝。然后把跟妙妙谈过的话从头到尾,一句一句在脑子里按顺序回想,试着让它重现。那些话既暧昧又不具体,充满了二义性的谜。妙妙口中所说的事实只有两件。我试着实际把那写在便条纸上看看。

(1)小堇出了什么事。但妙妙也不清楚到底发生了什么。
(2)我必须尽快去那里。她(妙妙)认为小堇也需要我这样做。

我一直盯着那张便条纸。然后在"不清楚"的部分和"认为"的部分用圆珠笔在底下画线。

(1)小堇出了什么事。但妙妙也<u>不清楚</u>到底发生了什么。
(2)我必须尽快去那里。她(妙妙)<u>认为</u>小堇也需要我这样做。

在那希腊的小岛上小堇发生了什么,我没办法猜想。不过可以确定是属于不好的事。至于多不好,则是个问题。话虽如此,但到天亮来临前,我什么都无法做。只能坐在椅子上,把双脚架到书桌上,一面看书一面等待天亮。天却老是不亮。

天一亮,我就搭中央线到新宿,从那里转成田快车到机场去。到了九点我绕了几家航空公司柜台试着打听看看,才知道本来就没有成田起飞往雅典的直航飞机。在摸索尝试了几次之后,终于订到荷兰皇家航空往阿姆斯特丹的商务舱票。决定从那里转机到雅典。到雅典后再换奥林匹克航空的国内线,据说那样就可以到罗得岛。这机票的预约他们也帮我安排好了。只要不发生问题,两次转机应该很顺。至少以时间来说这是最好的办法。回程开放未定,从出发日起三个月内喜欢什么时候回来都可以。我用信用卡付完账。托运行李有几件?没有,我说。

离出发还有一段时间,于是我在机场餐厅吃了早餐。用银行卡提出一些现金,换成美元旅行支票。然后在机场的书店买了希腊的旅行指南。小开本导游书里并没有出现妙妙所说的岛名,不过有必要预先获得有关希腊的货币、当地的民情和气候等基本知识。除了古代历史和几出戏剧之外,我对希腊这个国家知道得并不多。就像对木星的地质、法拉利跑车的引擎冷却系统所知不多一样。过去也从来没想过自己有一天居然会去希腊。至少在那天凌晨两点以前。

中午以前我打了一通电话给一起教书的相熟的同事,说因为亲戚发生不幸事件,我要离开东京一星期左右,问她这期间学校的事能不能帮我代办。可以呀,她说。我们以前也曾有过几次互相给对方方便,所以事情很简单。"那么,你要去哪里?"她问。"四国。"我说。现在要去希腊实在说不出口来。

"那真辛苦。不过开学不要迟到噢。方便的话,也顺便买个什么土产回来。"她说。

"当然。"我说。这点小事回来后总有办法。

我到商务舱用的休息室去,沉进深深的沙发稍微睡了一会儿。并不踏实的睡眠。世界丧失了现实性的核心。颜色不自然,细部不舒服。背景是纸糊的,星星是银纸做的。看得见黏合剂和钉孔。频频听见广播声音:"搭乘法国航空275班次飞机往巴黎的旅客……"我在那无脉络的睡眠中——或不明确的半醒中——想着小堇。我跟她共度的各种时间和空间,像古时候的纪录片般断续浮现我脑子里。然而置身于众多旅行者来来往往的机场嘈杂声中,我和小堇所共有的世界显得那么渺小而无力,觉得缺乏正确性。我们二人都没有称得上智慧的智慧,也没有足以弥补这个的本事。没有可供依靠站立的支柱。我们无限接近零。只不过是从一个无到另一个无之间漂流着的渺小存在而已。

我冒着讨厌的汗醒了过来。湿湿的衬衫黏黏地紧贴在胸前。身体倦怠,脚发胀。感觉像把整个阴天都吞进去了似的。脸色一定很难看。休息室的女职员走过时还担心地开口招呼我:"没事吧?"我说:"没事。只是有点中暑而已。"给你拿点什么冷饮好吗,她说。我考虑了一下,要了啤酒。她为我拿了冰毛巾、喜力啤酒和一包花生米来。我擦了脸上的汗,喝了半罐啤酒后,觉得总算多少恢复正常。然后又稍微睡了一下。

往阿姆斯特丹的班机大致照预定时刻从成田机场起飞,越过北极,到达阿姆斯特丹。在那之间我为了再多睡一会儿喝了两杯威士忌,醒过来后晚餐只吃了一点。因为几乎没有食欲,所以早餐就婉拒了。不愿意去想多余的事,所以清醒的时候总是集中精神看康拉德。

换飞机到雅典机场下机后,再转到隔邻的航站,几乎没有等候时间就搭上往罗得岛的727班机。机内满是从世界各地拥来的活泼有劲的年轻人。全都晒得红通通的,穿着T恤或无袖上衣、剪短的牛仔裤。很多男的留胡子(或忘了刮胡子),蓬蓬的长头发绑一把在脑后。穿着米色斜纹棉布长裤、白色短袖Polo衫、深蓝色棉西装外套的我,显得古板而不合场所。我连太阳眼镜都忘了带。不过谁能怪我呢？我刚才还在国立市，为了丢厨房的生鲜垃圾而烦恼呢。

我在罗得岛机场的询问处，打听往岛上渡轮的码头。码头在离机场不远的港口。据说现在赶快去还来得及搭傍晚的船班。"渡轮会不会客满？"我慎重起见问问看。"就算客满，多搭一位总不成问题的，"鼻子尖尖，看不出年龄的女人皱起眉，一面猛挥手一面说，"因为又不是电梯呀。"

我招了计程车到港口。虽然请司机尽量开快一点，但对方似乎并没有听懂。没有冷气，从敞开的窗户吹进混有白色尘土的热风。司机在那之间，一直以粗鲁带有汗臭的英语，陈述他对于欧盟货币统一阴郁冗长的个人见解。我虽然很有礼貌地应答着，其实什么也没听进去。我眯着眼，眺望窗外掠过的罗得岛耀眼的街容。天空没有一片云，也没有下雨的预感。太阳烧着家家户户的石墙。多节粗糙的树上盖了一层灰尘，人们在树荫下或凸出的帐篷下坐着，眺望着不多言语的世界，眼睛追随着这样的光景时，对于自己到底是不是来对地方，逐渐失去了信心。不过，从机场到市区沿路上到处非神话式地填满了写着希腊字的香烟或希腊茴香酒气派的广告板，它们告诉我不会错，这就是希腊。

傍晚的渡轮还没有出发。船比我预先想象中大型得多。甲板后部也有停放车辆的空间，有两辆装了食品和杂货的中型卡车，和一辆旧标致轿车，在那里等船开出。我买了票上船，几乎与我在甲板的座位坐下同时，船系在岸边的缆绳被解开，引擎开始发出粗重的声音。我叹一口气，抬头望天空。剩下来就只有等待这艘船把我带到目的地的岛上去了。

我脱下吸满汗水和尘土的棉上衣,折起来放进包里。时刻是黄昏的五点,但太阳还在半天高,日照仍压倒性地强烈。不过在帆布屋檐下任由身体被船头的风吹拂时,我发现自己心情已逐渐恢复平静。在成田机场休息室时捕抓住我的那阴郁的想法,已经消失无踪。只剩下口中的一点苦味而已。

我所要去的岛以观光地来说似乎并不那么热门,甲板上只能看见少数观光客。乘客多半是到罗得岛去办完事情的本地人,而且很多是老人。他们把买的东西像处理容易受伤的动物般宝贝兮兮地放在脚边。全都像约好了似的满脸皱纹,缺乏表情。强烈的阳光和严酷的肉体劳动,似乎已夺走他们脸上的表情。

也有几个年轻士兵。眼睛还像小孩般澄清,军用卡其衬衫的背后被汗水渗成黑黑的。有两个像嬉皮士的人,带着沉重的背包席地而坐。两个人都瘦瘦的腿很长,眼神凶险。

也有一个穿着长裙的十几岁希腊少女。眼珠又深又黑。有点宿命般美丽女孩的感觉。她一面让长头发随风轻飘着,一面跟旁边的女朋友热心地交谈。嘴角一直露出像在暗示美好事物所独具的样子般温柔优雅的微笑。金属大耳环承受着阳光,不时灿烂地闪着光。年轻士兵们倚靠在甲板扶手上,脸上一副酷酷的表情,一面抽着烟,一面偶尔向她那边传送短促的视线。

我一面喝着从店里买来的柠檬苏打,一面眺望染成深蓝色的海和浮在海上的小岛。大部分的岛,与其说是岛,不如说更接近岩块,上面没有住任何人。既没有水也没有植物,只有一群白色海鸥停在岛的顶端，张望四周寻找鱼的踪影而已。船开过去，鸟都不瞧一眼。海浪冲到岩脚下碎成浪花，形成耀眼的白色边缘。偶尔也会看到有人住着的岛。那上面斑斑丛丛地长了一些看来颇顽固的树木，白色墙壁的房子点点错落在山坡上。小三角洲上，漂浮着漆成鲜艳颜色的帆船，高高的帆柱随着波浪起伏而在空中画着弧线。

坐在我旁边满脸皱纹的老人之一请我抽烟。我微笑着表示感谢，但用摇手示意我不抽烟。取而代之的他又请我吃薄荷口香糖，我感谢地接受了，一面嚼着一面又再眺望海。

渡轮到达那个岛时已过了七点。日照强度果然已经过了高峰，但天空依然还很明亮，夏天的光线反倒更增添它的鲜明多彩。港口建筑物的白墙上，简直像挂了名牌似的，用巨大黑字写着岛的名字。船横靠在岛的岸边，提着行李的乘客一个个按顺序渡过栈桥走下船去。港口前面就是一个开放的露天咖啡馆，来迎接的人们在那里等着心目中要等的人走下船来。

我一下船就寻找妙妙的身影。但没看到像是她的女人。只有几个旅馆的经营者上前来招呼："您在找住的地方吗？"每一次我都摇头说："不是。"不管怎么样，他们还是留了一张名片在我手上。

下船的人都各自往不同方向散去了。买东西回来的人各自回家去，来旅行的人则前往某个饭店或旅馆。来接亲友的人也都各自找到要接的人，频频拥抱或握手之后，便一起消失到某个地方去了。两辆卡车和标致轿车也从船上开下来，留下引擎声开走了。由于好奇心驱使而聚集起来的猫和狗，也不知道什么时候不见了。留在后面的只有一群空闲时间太多、日晒过度的老人，和提着一个塑胶运动袋好像走错地方似的我而已。

我坐在咖啡馆的椅子上，点了冰茶。并试着想了一下接着该怎么办才好。但没办法。已经接近天黑了。而且完全不了解岛上的地理和民情。现在我在这里无法做任何一件事情。只好再等一下，如果没有人来，就找个地方住，等明天早上渡轮到达的时间再到码头来一次。我不认为妙妙会不小心放我鸽子。因为听小堇所提到的她，是一个非常谨慎、认真的女人。如果她无法来码头，一定是有她的原因。或许她没想到我竟然会这么快就已经到这里了。

我肚子非常饿。好像身体透明得可以看穿到对面一般强烈的空腹感。大概因为来到海上吸进新鲜空气的关系，身体想起从早上到现在胃袋都还没装进任何东西吧。但又不想跟妙妙互相错过，于是我决定再多忍耐一会儿在这家咖啡馆等候。偶尔有当地人经过，很稀奇地瞄了一眼我的脸。

我在咖啡馆旁边的小店，买了写有关于这个岛历史和地理的英语小册子。并一面喝着没味道得奇怪的冰茶，一面翻阅着。岛上人口从3 000人到6 000人不等，因气候而异。夏天由于观光客增加，人口也相对增加。冬天则有些人外出打工，所以人口减少。岛上既没有像样的产业，农产品也很有限。能生产的只有橄榄和几种水果而已。另外就靠渔业和采海绵。所以进入本世纪以后，许多岛民都移民到美国去。他们大部分住在佛罗里达，因为可以活用渔业和采海绵的经验。据说佛罗里达有一个地方就取名自他们岛的名字。

岛的山顶设有军用雷达设施。在现在的民间港口附近，另外有一个供军用警备艇出入的小港。由于离土耳其边境很近，所以用来监视国界侵犯和走私。街上看得见军人。只要和土耳其有纷争(实际上经常进行一些小争夺),船的出入就变频繁。

公元前当希腊文明正处于历史光荣的时代,这个岛曾以贸易转口港而繁荣一时。因为正处于和亚洲贸易的途中。而且当时翠绿的树林仍覆盖着山坡,以这些木材盛行造船。然而希腊文明衰退,山林也砍伐殆尽(从此以后岛上也不曾再恢复丰润的绿意),这岛的荣光于是急速失去光辉。终于土耳其人来了。他们的统治既苛酷又彻底。只要土耳其人有什么不满意,他们就像修剪庭园的树枝般把人们的耳朵鼻子轻易地削掉——那本书上这样写着。19世纪接近末期时,经过与土耳其人的几次浴血战争,这个岛才赢得独立,港口飘扬着蓝色和白色的希腊国旗。然后希特勒的军队又来了。他们在山顶设雷达观测所监视近海的动静。因为这一带视野最辽阔清晰。为了破坏这设备,英国轰炸机曾经从马耳他岛飞来,投下炸弹。他们不仅将山顶的基地炸毁,同时也轰炸港口,将无辜的渔船炸沉。因而死了一些渔夫。在这次的轰炸中希腊人比德国人失去更多生命。至今村子里还有人因此而怀恨在心。

正如大多的希腊岛屿一样,这里平地很少,大多的面积都被难以容忍的险峻山岭所占,人们居住的集落只限于离港口较近的南边沿海部分。在远离人烟的地方虽然有美丽的沙滩,但要去到那里必须翻越险峻山岭才行。进出轻松的地方则缺乏足够有魅力的沙滩,这似乎也是观光客无法增加的主要原因之一。山中虽然零星坐落有几所希腊正教的修道院,但修道僧严守戒律地生活着,并不接受以兴趣为本位的访问者。

从导游书上所看到的,只是一个没有太大特征的极普通的希腊小岛。但不知道为什么,似乎有一部分英国人觉得这个岛特别有魅力(英国人就是有点与众不同的地方),他们怀着相当的热情在港口附近的高台上建造夏日别墅的殖民地。尤其在1960年代后半期有几位英国作家长住这里,一面眺望着碧海蓝天白云一面写小说。而且这些小说中有一些受到相当高的文学评价。因此这个小岛在英国文坛上获得了某种浪漫的名声。不过对于自己的岛在文化层面上拥有这样的光辉,住在岛上的希腊人却几乎好像并不关心的样子。

我为了忘记饥饿,而看了这些报导。然后合起书本,试着再一次环视周遭。坐在咖啡馆的老人们,好像在做长期视力测验似的,又在永不厌倦地眺望着海。时刻已经过了八点,空腹感现在已经到了接近疼痛的地步。不知道从什么地方飘来阵阵烤肉和烤鱼的香气,像放肆的拷问者般将我的内脏高高悬吊起来。我忍不住从椅子上站起来,提起袋子正想去找餐厅时,一个女人安静地出现了。

那个女人,从正面承受着终于向西方海面倾斜的太阳光,一面轻轻摇摆着长及膝盖的白裙子,一面快步走下石阶来。踩着小巧网球鞋、形状年轻的双脚。穿着无袖的淡绿色上衣,戴着窄边帽子,肩上背着布制的小型肩袋。那一副融入周遭风景的、实在非常自然而日常的走法,使我起初还以为她是当地的女人。但这女人直接朝我走来,走近时,从面貌上了解到她是东洋人。我几乎是反射性地在椅子上坐下,然后又站起来。女人拿下太阳眼镜,口中叫出我的名字。

"对不起我来晚了,"她说,"我到这边的警察局去,结果一办起手续就花掉好多时间。而且我实在没想到你居然会在今天之内就赶过来。我料想最快也要明天中午左右吧。"

"因为转机换船都接得很顺。"我说。警察局?

妙妙笔直地盯着我的脸看,然后轻轻微笑。"方便的话,我们找个地方一面吃饭一面谈。我很早的时候只吃了早餐一直到现在。你呢?肚子饿不饿?"

非常饿,我说。

她带我到港口后面的一个酒馆。门口有个很大的碳火炉,铁网子上正烤着看起来十分新鲜的鱼虾类。她问我喜欢鱼吗。我回答喜欢。妙妙用简短的希腊语向服务生点了东西。首先就送了白葡萄酒瓶、面包和橄榄来。我们还没有礼貌性地招呼或敬酒,便倒了白葡萄酒各自喝起来。为了安抚空肚子的难过,我暂且先把质地粗糙的面包和橄榄往嘴里塞。

妙妙是个美丽的女子。我首先接收到的是这个明白而单纯的事实。不,或许并没有那么明白或单纯。或许我完全搞错了也不一定。或许我只是由于某种原因,被吞进不容改变的别人的梦境里随波逐流而已。现在想起来,觉得无法完全否定这种可能性。只有一点我可以确定地说,那就是我当时认为她是个美女。

妙妙纤细的手指上戴了几个戒指。其中的一个是简单的黄金结婚戒指。当我在脑子里迅速整理对她的第一印象时,妙妙一面不时地拿起葡萄酒杯送到嘴边啜一口,一面以稳重的眼神看着我的脸。

"不觉得我们是第一次见面,"妙妙说,"大概因为经常听到关于你的事情吧。"

"我也经常听小堇谈到你。"我说。

妙妙微微一笑。她一微笑，就只在那一瞬间眼尾出现魅惑性的小皱纹。"那么就不必在这里特地自我介绍了噢。"

　　我点点头。

　　我对妙妙最有好感的，是她并不刻意隐瞒自己的年龄。据妙妙的说法，她应该有38或39。而实际上看起来她也像是38或39。因为皮肤美，身体也结实，所以只要稍微化妆一下，或许可以显得像二十几岁的后半。但她并没有刻意做这样的努力。妙妙显得很坦然接受年龄所自然浮现的东西，并让自己巧妙地和那同化。

　　她拿起一颗橄榄放进嘴里，用手指抓住核，像诗人在整理标点一般，把它非常优雅地丢进烟灰缸。

　　"半夜里忽然打那样的电话，很抱歉，"妙妙说，"如果能说明清楚一点就好了，但那时候我心情还没办法调整好，不知道该从哪里说起。现在虽然也还没调整好，不过我想至少混乱已经平静下来了。"

　　"到底发生了什么事情。"我问。

　　妙妙把双手放在桌上，手指交叉握住，松开，又握住。

　　"小堇消失了。"

　　"消失了？"

　　"像烟一样地。"妙妙说，并轻轻喝一口葡萄酒。

　　她继续说："说来话长，不过我想我还是从头开始按照顺序说比较好。如果不这样的话，我觉得或许就无法传达清楚微妙的语意差别了。而且事情本身就很微妙。不过总之先吃饱再说吧。现在不是分秒必争的时候，肚子饿时连头脑都不肯工作。而且这里也太吵了，不方便说话。"

餐厅挤满了本地人，人们比手画脚大声谈着。要想不大声吼叫又能让对方听见，我和妙妙不得不弯身到桌上，或把额头靠近一点说。大钵装的希腊式生菜和烤好的白肉大鱼送来了。她在鱼上面撒盐花，挤了半个柠檬上去，再浇上橄榄油。我也学她照做。我们大体上集中精神在吃的上面。正如她所提议的那样，有必要先把肚子填饱再说。

她问我，能在这里待多久？我回答一星期后要开学了，必须在那之前回去才行。不然会有点麻烦。妙妙事务性地轻轻点头。然后抿着嘴，在脑子里计算着什么。既没说"没问题，在那之前可以回去"，也没说"也许没那么快解决"。对那问题她自己下判断，把结论收在某个抽屉里，继续静静地吃着。

吃完以后，在喝咖啡时，妙妙提出飞机票费用的事情。问我可不可以接受美元旅行支票。或回东京后再以日元汇进你的账户，怎么样比较好？我说我现在不缺钱，这一点费用我可以自己出。妙妙主张她要付。因为是我要你来的，她说。

我摇摇头。"我并不是客气。也许很久以后，我会希望事实上是由于自己的自由意志来到这里的。我想说的是这个。"

妙妙想了一下然后点头，并且说："我非常感谢你，能够来这一趟。我不知道该怎么说才好。"

走到店外，像流入染料般颜色鲜明的夕暮包围了四周。吸入空气时好像连胸腔都会被染成蓝色。天空星星开始闪烁小小的光芒。吃过晚餐的当地人，仿佛等不及夏天延迟的日落走出家门，在港口附近徘徊漫步着。有一家人，有情侣，有亲密的朋友们。道路被一天结束后的温柔海潮香气包围着。我和妙妙两个人走着穿过街上。路的两边排列着商店、小旅馆和在走道摆出桌子的餐厅。附有木造窗框的窗里透出亲密的黄色灯光,收音机传来希腊音乐。路左边是延伸出去的辽阔大海,夜晚黑暗的波浪安稳地拍打着岸边。

"再走一点路,前面要上坡,"妙妙说,"有很陡的阶梯,也有和缓的坡道,走阶梯比较近,可以吗?"

没关系,我说。

狭窄的石阶沿着山丘斜坡上去。阶梯长而陡,但穿着网球鞋的妙妙脚步却毫不觉得疲倦似的,一直保持一定的节奏。她的裙角在我眼前舒服地左右摇摆,晒过太阳形状美好的小腿承受着接近满月的月光。我这边倒先喘起气来。必须偶尔停下脚步,深呼吸几下才行。爬得越高,港口的灯变得越远越小。刚才还在我们眼前的人们的营生,已被吸进一连串匿名的光里去了。很想就这样用剪刀剪下来,用图钉钉在记忆墙上的那种印象深刻的景色。

她们的住宅,是附有面海阳台的小型度假别墅。红瓦屋顶白色墙壁,门框漆成深绿色。围着房子的低矮石墙上灿烂地开满了红色鲜艳的九重葛。她打开没上锁的门,让我进去里面。

家里凉凉的好舒服。有客厅,有适度宽敞的餐厅和厨房。墙壁漆成白色,有几个地方挂着抽象画。客厅摆着成套的沙发、书架和小型音响设备。还有两间卧室和不太宽大但贴了清洁瓷砖的浴室。摆的家具都不是特别醒目,却拥有自然的亲切感。

妙妙脱下帽子,把肩袋拿下来放在厨房柜台上。然后问我,要不要喝什么,或想先冲个澡吗? 我说想先冲个澡。我洗了头,用刮胡刀刮了胡子。用吹风机吹干头发,换上新的T恤和短裤。这样终于稍微恢复正常的感觉了。洗脸台的镜子下放着两把牙刷。一把是蓝的,一把是红的。不知道哪一把是小堇的。

我回到客厅时,妙妙手上拿着白兰地玻璃杯坐在安乐椅上。她建议我喝同样的东西,但我想喝冰啤酒。我自己打开冰箱拿出红爵啤酒,注入高玻璃杯。妙妙身体依然沉在椅子里,相当长时间一直沉默着。与其说像在寻找该说的话,不如说看起来更像沉浸在没有开始也没有结尾的个人记忆里似的。

"你们到这里来多久了?"我试着这样切入。

"我想今天是第八天。"妙妙想了一下后说。

"然后小堇从这里失踪了是吗?"

"是啊。就像我刚才说的,像烟一样地。"

"这是什么时候的事?"

"四天前的晚上,"她好像在寻找头绪似的环视屋子一圈,然后说,"到底该从哪里说起才好呢?"

我说:"从米兰飞到巴黎,到走铁路去勃艮第,这一段我从小堇的来信已经知道。小堇和你,在勃艮第的村子,你们住在你朋友像庄园般大的宅院里。"

"那么,就从这里说起吧。"妙妙说。

8

"我跟那个村子附近的葡萄酒酿造业者从以前就很熟,对他们所酿的葡萄酒像自己家的布局一样清楚。哪块园地的哪个斜坡的葡萄可以酿成什么样的葡萄酒。那年的气候对味道有什么影响,谁的工作最实在,哪一家的儿子很热心帮忙父亲的工作,谁有多少贷款,谁买了雪铁龙新车。连这些我都知道。葡萄酒这东西就像纯种马一样,不了解血统和最新资讯是做不下去的。只知道味道好坏,生意是做不成的。"

妙妙到这里把话打断,调整呼吸。就像犹豫不知道要不要继续说似的,不过还是继续说了。

"我在欧洲有几个采购据点,不过那个勃艮第村子是最重要的地方。所以我每年都会有一次尽量在那里住得久一点。为了增进旧交情和获得新情报。每次都是我一个人去的,这次先绕道意大利,一个人长期旅行也很辛苦,小堇又学了意大利语,所以我决定带她一起去。本来打算如果觉得'还是一个人去比较好'的话,我会在去法国之前找个适当理由,让她先回去。我从年轻时候开始就习惯一个人旅行,不管多亲的人,每天从早到晚都跟别人面对面,也相当困难吧。

"不过小堇比我想象的能干,她会主动把工作做好。帮我买票,预订饭店,谈价格,把花费记录下来,找出当地有名的餐厅,做这些事情。

她的意大利语已经相当不错了,而且最主要的是充满了健康的好奇心,很多光是我一个人旅行一定不会做的事她也让我体验到了。我真惊讶原来跟人在一起是这么轻松愉快的事。也许我跟小堇之间,有某种类似特别的心意相连吧。

"我还记得很清楚第一次遇到她时谈到人造卫星Sputnik的事。她谈到垮掉的一代(Beatnik)作家,我把那错当成Sputnik。我们觉得很好笑,于是初次见面的紧张感解除了。嘿,你知道Sputnik俄语是什么意思吗?那以英语来说是traveling companion的意思噢。'旅行的伴侣',我上次特地翻了字典,才第一次知道。想一想真是不可思议的吻合噢。不过为什么俄国人会为人造卫星取这样奇怪的名字呢?只不过是一堆孤零零独自绕着地球团团转的可怜的金属而已呀。"

妙妙在这里把话打住,只稍微停了一下思考什么。

"所以我就那样把小堇带到勃艮第去。我在那个村子重温旧交和谈生意的时候,不会说法语的小堇就租了车子到附近去兜风。然后在一个村子,很偶然地认识一个很有钱的西班牙老妇人,在用西班牙语聊天之间两个人非常投缘起来。那位妇人为小堇介绍了一位住在同一家饭店的英国男人。他50多岁,正在写什么东西,是个既英俊又高尚的人。我想大概是同性恋吧。他带着一个像男朋友似的秘书走动。

"我也被介绍和他一起吃过饭。这两个人令人感觉蛮舒服的,在谈话之间,发现我们有几个共同认识的人,因此谈得更投缘。

"然后那个英国人跟我们提到'其实我在希腊一个岛上拥有一栋小别墅,如果不嫌弃的话,请你们去住好吗?'。他说每年夏天他都会去住一个月左右，今年因为有工作可能去不成希腊了。房子不住的话会出问题，管理员也会松懈。所以如果不麻烦的话，不用客气，请去使用。他指的就是这栋度假别墅。"

妙妙把屋子里整个看一圈。

"我学生时代，曾经来希腊旅行过一次。虽然是搭游艇到各个海岛到处绕的忙碌旅行，不过还是爱上了这个国家。所以可以在希腊的岛上借房子，想住多久就住多久，是个非常有吸引力的提议。小堇当然也想去。我们说如果要借别墅，就要付应付的租金，但对方却坚决不接受：'因为我不是做别墅租赁业的。'经过一番商量，结果我以送一打红葡萄酒到他伦敦家里当作谢礼而谈定下来。

"岛上的生活简直像梦一样。我好久没有像这样轻松愉快地过一种所谓没有时间表的纯粹假期了。碰巧通讯状况又这么糟糕，所以电话、传真和电脑网络都不能用。我没有如期回国，虽然多少会带给留在东京的人一些麻烦，不过一旦来到这里，那些事情怎么样都无所谓了。

"我们早晨起得很早，把毛巾、水、防晒油放进包里，走到山另外一头的海滩去。那是一个美得会令人倒吸一口气的海滩。沙滩是没有杂质的纯白，几乎也没什么浪。不过因为在交通不方便到达的地方，所以造访的人也少，尤其上午人影稀疏。在那里大家不分男女，都无所谓地裸泳。所以我们也学他们。以天生的样子，赤裸裸地在清晨碧蓝澄清又透明的海水里游泳，那种感觉真是棒得无法言喻。就像一不小心居然混进另外一个世界里似的。

"游累了，小堇和我两个人就躺在沙滩上晒太阳。以赤裸的身体互相对看，起初是有点害羞，不过一旦习惯之后，就不觉得怎么样了。一定是类似场所的力量发挥作用吧。我们互相帮对方在背上擦防晒油，躺在太阳下，看看书、打打盹，或天南地北地聊起来。我想所谓自由居然是这么安详自在的东西啊。

"从海滩再翻过山岭回家，冲过澡，简单地吃过东西，然后两个人走下那阶梯到街上去。在港口的咖啡馆喝茶，买英文报纸来读。到店里买了食品材料带回家，然后就各自在阳台看看书，在客厅听听音乐，打发时间到傍晚。小堇好像有时候会在自己房间里写东西。我看她打开PowerBook在键盘上啪嗒啪嗒地打字。傍晚渡轮到达港口，我们常常会去看看。一面喝着冷饮，一面看着从船上下来的那些形形色色的人，总是看不腻。

"我在世界尽头，静静地安顿下来，谁也看不见我的影子。我这样觉得。在这里只有我和小堇而已。其他的一切事情都可以不去想。我不想再动，不想再离开这里。我想，哪里都不想去了。希望永远都能这样。当然我也很清楚，那是不可能的。在这里的生活只不过是一时的幻想而已，总有一天现实会来捕捉我们。而且我们不得不回到原来的世界，对吗？不过至少在那个时刻来临以前，我希望能不想多余的事，尽兴地享受每一天。而我真的，只是单纯地享受着这里的生活。不过当然是指到4天前为止。"

*

第4天早晨两个人也像平常那样到海滩去裸泳，然后先回家再去港口。咖啡馆的服务生也已经记得她们两个人的脸（从一开始妙妙每次都放比较多的小费），非常热心地招呼她们。总是满嘴赞美两个人有多美丽。小堇在小店买了雅典印刷的英文报纸。这是两个人和外面世界联系的唯一资讯来源。读报纸是小堇的任务。她检查外币兑换率，看看上面刊登的大事记，找出有趣的，一面翻译一面读给妙妙听。

那天报上的报导中，小堇选出来读给她听的，是一篇70岁老妇人被自己养的猫吃掉的报导。事情发生在雅典近郊一个小村子。死掉的老妇人在11年前做贸易商的丈夫死了之后，就以几只猫陪伴着，住在两房的公寓里安静过日子。但有一天心脏病发作昏倒，趴在沙发上断了气。从昏倒到死亡为止经过多少时间，没有人知道。不过总之她的灵魂，大概经过必经的阶段，永远离开了70年来一直相依为命的老巢身体。因为没有定期来访的亲戚朋友，遗体被发现时已经过了一星期。门户紧闭，窗户又装有格子栏杆，所以饲养主人死了，猫也出不去。屋子里没留下食物。冰箱里或许还有什么东西吧，但不幸的是猫并没有开冰箱门的智慧。猫忍受不了饥饿，于是把饲养主人的肉给吃掉了。

小堇一面偶尔啜一口小杯子装的咖啡，一面把那篇报导逐段翻译出来。几只小蜜蜂飞过来，在前面客人泼出来的草莓果酱上忙碌地绕着舔着。妙妙透过太阳眼镜眺望大海，侧耳倾听小堇读出来的报导。

"然后怎么样了？"妙妙问道。

"只有这些。"小堇说。她把对开版的报纸对折起来，放在桌上。"报上写的只有这些。"

"那些猫不知道怎么样了？"

"谁知道，"小堇把嘴撇向一边思考着，"报纸到哪里都一样。你真正想知道的事却没写。"

蜜蜂好像感觉到什么似的，忽然一起飞向天空，一面在周围响起仪式性的振动翅膀的声音，一面在空中回旋，但过一会儿又再回到桌上来,并以和刚才一样热心地舔着果酱。

"不知猫的命运如何。"小堇说,并拉一拉稍嫌大的T恤衣襟,把皱纹拉平。虽然穿的是T恤和短裤,但妙妙正好知道在那下面她完全没穿内衣。"吃过人肉之后的猫,要是不管的话,或许会变成食人猫也不一定,或许已经出于这个理由而被处分掉了。还是说'你们也历经过一番辛苦'而被无罪释放了?"

"如果你是那个村子的村长或警察局长的话会怎么做?"

小堇想了一下。"例如把它们放在某个机构里,让它们改过自新怎么样?在那里可以变成素食主义者。"

"那也不坏,"妙妙说着笑了,然后拿下太阳眼镜,转向小堇这边,"我听到这件事,想起我进初中时第一次在课上听到的天主教故事。我说过吗?我在严格的天主教女子学校上了6年课噢。小学上的是普通公立小学,不过中学以后就上了那个私立教会学校。结果,开学典礼之后,一个年纪很大的修女就把全体新生集合到礼堂,讲天主教的伦理。是一位法国修女,但日语完全没问题。我想那时候她讲了很多话,不过我现在还记得的,是人和猫漂流到无人岛的事。"

"那很有趣吗?"小堇说。

"船遇难了,你漂流到无人岛上去。能搭上救生艇的只有你和一只猫而已。漂流到最后总算漂到一个海岛了,然而那里却是个全是岩石的无人岛,没有任何东西可以吃。也没有泉水。船上只有一个人够吃十天量的干面包和水而已。大概是这样的故事。

"这时候修女环视整个礼堂一圈,以响亮而强有力的声音这样说:'请大家闭上眼睛,试着想一想。你和猫一起漂流到无人岛上。那是个绝海孤岛,十天之内几乎没有谁会来救援的可能性。在食物和水渐渐吃喝完了之后,各位只有死路一条。那么,各位会怎么样呢?因为苦的是彼此,所以你会把那贫乏的食物分给猫吗?'说到这里修女闭起嘴巴,再一次环视大家的脸,然后继续说,'不,那是不对的。听清楚没有,各位不可以分食物给猫。为什么呢?因为各位是神所选出来的尊贵存在,而猫不是。因此那面包应该你一个人吃。'修女一本正经地这样说。

"刚开始我还以为那是开玩笑的。接下来可能会有什么愉快的结局吧。然而并没有结局。话题就那样转到人类尊严和价值的问题去了,我莫名其妙地被留在那里。你想,这种事情到底有什么必要在刚入学的新生面前特地提出来讲呢?我到现在对这件事还无法理解。"

小堇对这点落入沉思。"这么说来,也就是最后把猫吃掉也没关系啰?"

"谁知道。倒是没说到那里。"

"你是天主教徒吗?"

妙妙摇摇头。"不。只因为那所学校碰巧在我家附近,所以被送去读。制服也相当漂亮。不过那所学校只有我一个人是外国籍的。"

"因为这样有没有发生什么不愉快的事?"

"因为是韩国籍吗?"

"对。"

妙妙又再摇摇头。"那是一所非常自由的学校。规则很严,修女中也有很偏执的人,不过整体气氛是进步的,几乎从来没有经历过差别待遇的事。也交到了很好的朋友,度过还算不错的学生时代。确实有几次不愉快的事情,不过那是进入社会后发生的。但说起来,进入社会后恐怕没有人不曾因为某种原因而不愉快吧。"

"我听说韩国有人吃猫,是真的吗?"

"我也听过这种说法。不过我周围倒没有人吃过。"

下午的广场几乎没有人影。这是一天中最热的时刻。街上的人全都躲在凉快的家里,很多人以睡午觉为乐。在这种时间还外出的好事者,只有外国人而已。

广场上建有英雄雕像。他响应本土的起义,站起来对抗占领岛上的土耳其军,最后被逮捕,处以刺穿死刑。土耳其人在港口广场立起尖端尖锐的柱子,将那位可怜的英雄衣服剥光,放在顶上。以身体的重量从肛门慢慢插入柱子,结果贯穿到嘴巴,然而到完全死掉却花了很长时间。铜像据说是建在那柱子的遗迹上。当初建立时想必也是很壮观英勇的铜像,不过由于海风、灰尘、海鸥粪便,以及时间的流逝所带来的不可避免的磨损,脸部已经模糊不清了。岛上的居民几乎不太注意那尊破落的铜像,铜像对于世界变成什么样子,事到如今似乎也显得无所谓了。

"说到猫,我倒有一个奇怪的回忆哟。"小堇好像忽然想到似的说,"我小学大概二年级的时候,养过一只出生半年左右的漂亮三花猫。我傍晚坐在檐廊读书时,那只猫就在庭园里一棵大松树的树根旁非常兴奋地绕着跑。猫不是常常会这样吗?没什么事,却忽然自己呜地呻吟一下,背弓起来往上一跳,毛竖立起来,尾巴挺起来吓人。

"猫实在太兴奋了,大概没留意到我在檐廊观察它。因为那是很不可思议的情景,所以我把书本放下来一直盯着看猫的样子。猫老是不停止那独角游戏。相反地,随着时间拉长变得更加认真。简直像着了什么魔似的。"

小堇喝了玻璃杯里的水,稍微抓抓耳朵。

"我一面看着一面渐渐觉得害怕起来。因为猫的眼睛映着我所看不见的东西的影子,我开始想难道是那个使猫异常地兴奋吗?接着猫开始绕着那棵树的根团团转了起来。非常猛烈,简直像绘本上出现的变成黄油的老虎一样。而且在持续一段时间之后,竟然一口气冲上松树的树干。我抬头看时,它从非常远的高高树枝缝隙间探出小小的脸来看。我从檐廊大声叫着猫的名字,但它好像没听到的样子。

"终于天黑了,开始吹起深秋的冷风。我仍然坐在檐廊等着猫从树上下来。因为这是一只很亲近人的小猫,我想只要我在那里的话,它终究会下来的。但它却没下来。连叫声都听不见。四周逐渐暗下来。我害怕起来,去告诉家里人。大家都说不久它自己会下来,所以别管它。可是猫最终还是没有回来。"

"没回来吗?"妙妙问。

"嗯,猫就那样消失了。就像烟一样。大家都说猫夜里从树上下来,然后到哪里去玩了。猫兴奋起来爬到高高的树上去,上去倒容易,一看下面时却害怕得下不来了,这是常有的事。但如果现在还在树上的话,应该会拼命叫着,通知人家它在上面的。可是我并不这样想。我想猫一定是紧紧抓着树枝,害怕得叫不出声音来。所以我从学校放学回来之后,就坐在檐廊抬头看松树,不时大声地叫它的名字。但没有回答。经过一星期后,我也放弃了。因为我很疼爱那只小猫,所以那是一件很伤心的事。我每次看到松树,就会想象紧紧贴在高枝上,变僵硬而死掉的可怜小猫。小猫哪里也去不成,就在那里饥饿干瘪而死噢。"

小堇抬起头转向妙妙。

"从此以后我没有再养过一只猫。我现在还喜欢猫噢。不过啊,我那时候下定决心,要把那只爬上松树后就没再回来的可怜小猫当作我唯一的猫。要我忘记那只猫而去疼爱别的猫,我办不到。"

*

"我们那天下午,在港口的咖啡馆谈这种事,"妙妙说,"当时我想那只不过聊聊无害的回忆而已,但后来仔细想,觉得在那里所谈的一切,好像都有含意似的。也许只是我想得太多了也不一定。"

妙妙说到这里,便把脸转成侧面向着我,眼睛望向窗外。掠过海面吹来的风,摇动着有折纹的窗帘。她眼睛望着夜晚的黑暗时,屋子里的寂静似乎又加深了一层。

"我可以问一个问题吗?打断你的话不好意思,不过我从刚才开始就一直很挂心,"我说,"小堇来到这个岛之后忽然行踪不明,你说像烟一样地消失了。在4天前。然后报了警,对吗?"

妙妙点点头。

"可是你却没有联络小堇的家人,而把我叫到这里来。为什么呢?"

"小堇到底发生了什么事,一点线索都没有。在事情还没弄清楚之前,我不知道联络她的双亲让他们操心,是不是妥当。我一直很犹豫,我想再稍微观察看看。"

我试着想象小堇英俊而酷酷的父亲搭乘渡轮来到这岛上的情形。伤心的后母会不会同行呢?那么确实会变得很麻烦。不过我想事情已经进入麻烦的阶段了。在这样的小岛上,一个外国人,4天之内都没有人看到她,应该不是一件简单的事才对。

"可是你为什么叫我来呢?"

妙妙将赤裸的双脚重新交叉,用手指抓住裙摆往下拉。

"因为只有你可以依靠啊。"

"就算我们连一次面也没见过吗?"

"小堇最信赖你。听说不管什么样的事,你都可以照单全收。"

"其实那是少数人的意见。"我说。

妙妙眯细了眼睛,皱起那惯有的小皱纹微笑着。

我站起来走到她前面,从她手中轻轻把已经空了的玻璃杯拿起来。走到厨房去,在杯子里注入馥诗华干邑白兰地,回到客厅交给她。妙妙道了谢,接过白兰地。时间过去,窗帘无声地摇动了几次。风中有不同土地的气味。

"嘿,你真的想知道事情的真相吗?"妙妙问我。她的声音里有终于下了某种决心似的干脆意味。

我抬起头看妙妙的脸,然后说:"只有一件事是确定的。那就是如果我不想知道真相的话,就不会来到这里了。"

妙妙有一会儿,以有点耀眼的目光看着窗帘的方向。然后以安静的声音开始说起来:"那是我们在港口的咖啡馆谈到猫的那天晚上发生的。"

9

在港口的咖啡馆交谈过猫的事之后,妙妙和小堇买了食品回到度假别墅。然后在晚餐时间来临前,就像平常那样各自打发着时间。小堇走进自己的房间,用笔记本电脑写东西。妙妙坐在客厅的沙发,把手交叉在脑后,闭起眼睛听着朱利叶斯·卡钦所演奏的勃拉姆斯抒情曲。是一张老LP唱片,但演奏充满了稳重的感情,很值得一听。没有刻意炫耀,却十分尽兴。

"音乐会不会妨碍你?"中途有一次,妙妙探头进去小堇房门这样问。门一直是敞开的。

"勃拉姆斯是构不成妨碍的。"小堇转过头来回答。

对妙妙来说,这是第一次看小堇集中精神写文章的样子。小堇脸上露出过去她没见过的紧张感。像要猎取东西的动物般嘴巴紧闭,眼珠变深。

"你在写什么?"妙妙问,"新的 Sputnik 小说吗?"

小堇稍微松开嘴角的僵硬表情。"没什么了不起的东西。只是心想或许有一天有用,而把脑子里浮现的东西记下来而已。"

回到沙发,妙妙一面让心沉浸于音乐在下午时光所描绘出的小世界里,一面想如果自己能美好地弹出勃拉姆斯不知有多棒。过去自己最不擅长勃拉姆斯的小品,特别是抒情曲。我无法委身于那不断变化的无尽阴影和叹息的世界。如果是现在的自己的话，应该可以弹得比当时更美好。不过妙妙知道：我已经什么都弹不出来了。
・・・・・・・・・・・

到了6点半，两个人在厨房一起做晚餐，把做好的东西摆在阳台的桌上吃。放香草的鲷鱼汤、蔬菜沙拉和面包。打开白葡萄酒，餐后泡热咖啡喝。看得见渔船从岛后方出现，一面画出白色短短的航迹一面开进港口。想必温暖的晚餐，已经在家里等着渔夫们回家了。

"对了，我们什么时候要离开这里呢？"小堇一面在水槽洗着餐具一面问。

"我想再在这里悠闲地待一星期左右，不过这已经是极限了吧，"妙妙看着墙上的月历说，"虽然我希望能永久这样。"

"我也当然这样想，"说着小堇微微一笑，"可是没办法啊。美妙的
・・
事终究是要结束的。"

两个人像平常一样，10点前各自回到自己的房间。妙妙换上长裙摆的白色棉质睡衣，脸一埋进枕头立刻就睡着了。但不久又被自己心脏的鼓动摇晃似的醒来。她看一眼枕边的旅行用时钟，已经12点半多了。房间黑漆漆的，被包围在深深的寂静中。然而却好像有人凝神屏息地隐藏在附近散发气息。她把被子一直拉到脖子底下，侧耳静听。心脏在胸中敲出尖锐的信号声。此外什么也听不见。不过没错，有谁在那里。那确定不是什么不祥的梦的延续。她伸出手，不发出声音地拉开窗帘几公分。月光像淡淡的水般悄悄泻进房间。妙妙只移动眼睛，巡视房间的样子。

眼睛习惯黑暗之后，房间角落里慢慢浮现出某个东西暗暗的轮廓。

在门口附近的衣橱后面,黑暗聚集最深的那一带。它个子矮小,圆嘟嘟的不知道是什么。看起来也像是忘记带走的大邮件袋子。或者是动物也不一定。大狗吗?但大门是上锁的,而且房门也是关上的。狗不可能自己随意进入房间来。

妙妙一面继续静静地呼吸,一面一直注视着那个东西。口中干干渴渴的,还微微留下睡前喝的白兰地的气味。她伸手把窗帘再拉开一些,让月光送进房间更多一些。并从那一团黑暗中,解开混成一团的线头般,分辨每一条轮廓线。那好像是一个人的身体。头发垂到前面,两条细细的腿以锐角弯曲着。那人弯身坐在地上,头放进双腿之间缩成一团。好像尽量缩小身体,以避免碰到从空中降下来的物体似的。

是小堇。她穿着平常穿的蓝色睡衣,在房门和衣橱之间像虫子般把身体缩成一团蹲坐在那里。动也不动一下。也听不见呼吸的声音。

搞清楚到底是什么之后,妙妙松了一口气。不过小堇到底在这里做什么?她从床上静静地坐起来,把枕边的台灯打开。黄色灯光不客气地照出房间的每个角落。这样小堇还是动也不动一下,好像连灯亮了她都没发现似的。

"你怎么了?"妙妙出声问她。起初小小声,然后稍微大声一点。

没反应。妙妙的声音似乎没传到对方耳里。她下了床,走到小堇身边。地上铺的东西粗粗的,赤裸的脚底比平常感觉更强烈。

"身体不舒服吗?"妙妙在小堇身边蹲下来问道。

还是没有回答。

妙妙这时发现小堇嘴里咬着什么东西。那是平常放在洗脸台的粉红色擦手毛巾。妙妙想把它拿下来,却拿不下来。小堇用力咬紧着。眼睛虽然是睁开的,却什么也没在看。妙妙放弃拿毛巾,把手放在小堇肩上。发现她的睡衣竟然湿淋淋的。

"睡衣脱掉比较好,"妙妙说,"你流了很多汗,这样下去会感冒噢。"

但看来小堇似乎正落入失心状态。什么也听不见,什么也看不见。于是妙妙决定帮小堇脱掉睡衣。这样下去身体会冻着。虽然是八月,但岛上的夜晚有时也会凉到皮肤觉得冷的地步。两个人每天不穿游泳衣游泳,也已经习惯看彼此的裸体了。况且又在这种状态,即使擅自脱掉她的衣服,相信小堇也不会介意吧。

妙妙一面支撑着小堇的身体,一面解开睡衣的扣子,花时间脱掉她的上衣。然后脱掉她的裤子。小堇的身体起初非常僵硬,后来才逐渐放松,终于变成软绵绵的。妙妙从小堇口中拿出毛巾。毛巾被唾液沾湿了,上面好像什么的替身似的清晰地留下齿痕。

小堇在睡衣下面没穿内衣。妙妙拿起近在手边的毛巾,擦小堇身上的汗。先擦背,再擦腋下,然后胸前。擦擦腹部,从腰部到大腿简单地擦擦。小堇乖乖的,任她摆布。虽然好像还是没有意识的样子,但仔细看她眼珠时,却可以辨认出些许知觉的光似的东西。

妙妙第一次用手碰触小堇的裸体。小堇的皮肤细致而紧绷,像小孩般滑溜溜的。抱起来时身体比预料的重,有一股汗的味道。妙妙一面擦着小堇的身体,一面感觉胸中的鼓动再度高昂起来。口中积着唾液,不得不几次想办法吞下。

月光洗礼下,小堇的裸体像古代的陶器般光泽鲜艳,乳房虽然小,但形状完美,有一对紧缩的乳头。黑色阴毛被汗濡湿,像承受着朝露的草一般发着光。在月光下失去力气的小堇的裸体,看起来和在沙滩上压倒性日光下所看到的完全不同。不舒服地留下的孩子气部分,和时光之流盲目撬开的一连串崭新成熟,像漩涡般互相混合,在那里画出生命的疼痛。

妙妙觉得自己好像在窥视不该看的别人的秘密似的。可能的话,眼睛最好从那肌肤转开,脑子里一面回想小时候背诵下来的巴赫小曲,一面用毛巾静静帮小堇擦身上的汗。擦贴在额头的濡湿前发。小堇连那小耳朵里都冒汗。

然后妙妙感觉到小堇的手腕静静地缠到自己身上来。小堇的鼻息吹在自己的颈根。

"要不要紧?"妙妙问。

小堇没回答。只稍微加强手腕的力量而已。妙妙把她抱起来送到自己床上。让她睡在那里,为她盖上被子。小堇就那样躺在床上。这次则闭上眼睛。

妙妙看了一会儿小堇的样子,但小堇从此之后就不再动一下了。她看来像睡着了似的。妙妙到厨房去,一连喝了几杯矿泉水。然后在客厅的沙发坐下来,慢慢深呼吸以镇定情绪。悸动虽然已经平静很多了,但由于长久持续的紧张,肋骨的一部分正在痛着。周围被令人窒息的沉默所包围。既没有人的声音,也没有狗吠声。既没有波涛声,也没有风吹声。妙妙觉得很不可思议,为什么一切都落入这样深沉的寂静呢?

妙妙走到洗脸台,把小堇汗湿的睡衣、擦过汗的毛巾和她咬过的毛巾丢进备洗衣笼里,然后用肥皂洗了脸,并瞧瞧镜子里映出来的自己的脸。由于来到这个岛上以后便不再染发,头发变得好像刚刚开始下而即将积厚的雪一般纯白。

回到房间时,小堇已经睁开眼睛。虽然还稍微蒙有一层不透明的纱,但意识之光则已恢复。小堇把被子盖到肩上躺着。

"对不起,我有时候会这样。"小堇以沙哑的声音说。

妙妙在床边坐下来,微笑着,伸手摸摸小堇的头发。她的头发还是汗湿的。"最好去冲个澡会比较爽快。你好像流了不少汗。"

小堇说:"谢谢。不过现在我想就这样安静不动。"

妙妙点点头,把新的浴巾递给小堇,从自己的抽屉拿出新的睡衣,把那放在枕边。"你可以用这个。反正你也没多带备用的睡衣吧?"

"嘿,我今天可以在这边睡吗?"小堇说。

"可以呀。你就那样睡着不用起来。我到你床上去睡。"

"我想我的床大概已经湿湿的了,"小堇说,"被子还有一切都湿了。而且我不想一个人睡。你不要留下我一个人在这里。只要一个晚上就好了。你睡我旁边好吗?我不想再做讨厌的梦了。"

妙妙考虑了一下,点点头。"不过在那之前请先穿上睡衣。在这么窄小的床上,如果旁边睡着一个裸体的人,还是没办法镇定的。"

小堇慢慢起身钻出被子,并在地板上赤裸地站着,穿上妙妙的睡衣。她先弯下腰穿长裤,然后穿上衣。花了些时间扣扣子。指尖好像使不上劲似的。但妙妙并没有帮她,只是一直看着她。小堇扣扣子的姿态,看起来简直像某种宗教仪式似的。月光赋予她的乳头奇妙的硬度。这孩子也许是处女,妙妙忽然想到。

小堇穿好丝质睡衣之后,又在床上躺下,身体往里面挪动。妙妙一上床,便闻到刚才那汗的气味还留着。

"嘿,"小堇说,"可以抱一下吗?"

"你想抱我吗?"

"对。"

正在妙妙不知道该怎么回答时,小堇伸出手,握住她的手。手掌还留下汗的触感。温暖而柔软的手。然后她把双手绕到妙妙背后。小堇的乳房压紧妙妙的肚子稍上方。妙妙乳房之间则贴着小堇的脸颊。两个人长久保持那个样子。终于小堇的身体开始微细地颤抖起来。妙妙心想她大概要哭了吧。但似乎不怎么哭得出来。她把手绕到小堇肩上抱紧她。还是小孩子嘛,妙妙想。又寂寞又害怕,需要有人给她温暖。就像趴在松枝上的小猫一样。

小堇身体往上挪动一些。她的鼻尖接触到妙妙的脖子。两个人的乳房互相接触。妙妙吞一口嘴里积的唾液。小堇的手在她背上徘徊。

"我喜欢你。"小堇小声说。

"我也喜欢你呀。"妙妙说。除此之外不知道该怎么说才好。而且这也是真话。

然后小堇的手指开始解开妙妙睡衣前面的扣子。妙妙想要阻止。但小堇却不停下来。"一点就好,"小堇说,"真的一点点就好。"

妙妙无法抵抗。小堇的手指触摸妙妙的乳房。那手指静静地沿着妙妙乳房的曲线游走。小堇的鼻尖在妙妙的颈根左右摩擦着。小堇碰触妙妙的乳头。轻轻抚摸,抓住。起初战战兢兢的。然后稍微用一点力。

*

妙妙在这里把话打住。仰起脸来,以像在寻找什么似的眼光看我。脸颊有一点红起来。

"我想还是先跟你讲明比较好，以前我因为目击一件奇怪的事情，头发完全变得雪白。只在一夜之间，一根不剩地全部变白了。从此以后我一直都在染黑头发。不过小堇知道我染发。只是来到这个岛上之后，我觉得麻烦便停止染了。这个岛上没有一个人认识我，我觉得无所谓了。不过知道你可能来之后，才又再染黑。第一次见面不想给你怪印象。"

　　时间在沉默中流过。

　　"我没有同性恋的经验，也从来没想过自己会有这种倾向。不过如果小堇认真要求的话，我想我也可以回应她没关系哟。至少我没有厌恶的感觉。不过我是说，如果只是跟小堇的话。所以当小堇的手指到处抚摸我的身体，她的舌头伸进我口中时，我也没有抗拒。虽然觉得很不可思议，不过也想努力去习惯它。所以我就随便她怎么样。因为我喜欢小堇，所以我想如果她那样会快乐的话，不管她要怎么样我都没关系。

　　"然而不管怎么想，我的身体却和我的心不在一起。你明白吧？小堇竟然这么珍惜地触摸我的身体，对这件事本身，我有一部分甚至感到高兴。但无论我的心是多么这样感觉，我的身体却在拒绝她。不肯接受小堇。我体内兴奋的只有心脏和头脑而已，其他部分却像石头一般干干硬硬的。虽然很悲哀，却是没办法的事。当然小堇也知道这个。小堇的身体灼热、柔软而濡湿。但我却无法回应她。

　　"我向她说明。我不是在拒绝你。但我没办法做到。自从14年前发生那件事之后，我已经无法跟这个世界的任何人做身体上的接触了。这是已经在某个别的地方被决定的事。而且我说如果有什么我能为她做的,我愿意为她做。也就是说我的手指,或嘴巴。不过我也知道她所要的并不是这个。

"她在我额头上轻轻吻一下,说对不起。我只是喜欢你而已。虽然犹豫了很久,还是不能不这样做,她说。我跟小堇说,我也喜欢你哟。所以你不要介意。以后我还是希望能跟你在一起。我这样说。

"然后很久之间,小堇把脸埋在枕头里,简直像决了堤般地哭起来。我在那之间一直抚摸着她赤裸的背。从肩口到腰,一面用手指一一感觉她所有的骨头形状一面摸。我也和小堇一样想哭。但却哭不出来。

"我那时候可以了解。我们虽然是很好的旅行伴侣,但终究只不过是各自画出不同轨道的孤独金属块而已。从远远看来,那就像流星一般美丽。但实际上我们却个别封闭在那里,只不过像什么地方也去不了的囚犯一样。当两颗卫星的轨道碰巧重叠时,我们就像这样见面了。或许心可以互相接触。但那只不过是短暂的瞬间。下一个瞬间我们又再回到绝对的孤独中。直到有一天燃烧殆尽为止。"

"痛快地哭过之后,小堇起来,捡起掉落地上的睡衣静静地穿上,"妙妙说,"然后,她说要回自己房间,暂时一个人静一静。我说事情不要想得太多噢。到了明天又是不同一天的开始,很多事情一定还会跟以前一样顺利进行的。对呀,小堇说。然后弯下腰跟我贴贴脸颊。她的脸颊湿湿暖暖的。我觉得小堇好像朝我的耳边喃喃说了什么。但非常小声,所以我没听清。我正想问她时,小堇已经背朝我了。

"她用浴巾擦擦脸上的眼泪,走出房间去。把门关上,我再一次盖起被子闭上眼睛。我想发生这样的事情之后一定不容易睡着吧,然而实际上在那之后,很奇怪我立刻就睡熟了。

"早晨7点醒来时,屋子里到处都没有小堇的踪影。大概清早醒来(或许整夜完全没睡也不一定),一个人到海滩去了吧,我猜想。因为她说想暂时一个人静一静。虽然一张纸条都没留下,我觉得有点奇怪,不过我想因为昨天晚上的那件事,她一定心情很乱。

"我洗了衣服,把小堇床上的寝具拿出去晒,一面在阳台看书一面等她回来。但一直到中午以前小堇还是没有回来。我很不放心,虽然觉得不太好,但还是到她房间去检查看看。因为我担心说不定她一个人离开这个岛走掉了。不过行李还跟平常一样摊开着,钱包和护照也都还留着,而且房间角落还晾着游泳衣和袜子。桌上散乱着零钱、便条纸和各种钥匙。钥匙之中也有这间度假别墅大门的钥匙。

"我有一种讨厌的预感。因为我们到那个海滩去时,总是切实穿好运动布鞋,游泳衣外面套T恤,这样翻过山去的。帆布袋里装着毛巾、矿泉水。可是袋子、鞋子、游泳衣还全都留在房间里。不见的只有在附近杂货店买的便宜凉鞋,还有我借她的丝质薄睡衣而已。就算只在附近散步一下,那副模样也不可能在外面待那么久吧?

"我那天下午,出去外面一直到处找她。在房子附近一圈圈绕着走,到海滩来回找,然后下到街上在马路上来回走,又回到家。可是到处都没有小堇。天渐渐暗下来,已经到了晚上。跟昨天晚上截然不同,变成风很强的夜晚。整个晚上都听到海浪的声音。那天晚上我一听到任何微细的声音都会醒过来。大门没有上锁。天亮了小堇还是没回来。她的床还是我铺的那个样子。于是我到港口附近本地的警察局去。

"警察中有人会讲流畅的英语,我说明了来意。我说跟我一起来的女性朋友失踪两个晚上没回来。但对方并不认真地当一回事。他说你的朋友不久就会回来的。这是经常有的事。到这里来,大家都会脱线。现在是夏天,大家都很年轻。第二天我再去时,他们比昨天稍微认真一点听我说。不过还是不肯动。所以我就打电话到雅典的日本领事馆去说明事由。幸亏对方是个很亲切的人。他对警察局长不知道用希腊语说了什么重话,因为这样警察才认真开始搜查起来。

"不过却没有找到线索。警察帮忙在港口和别墅附近打听,但没有人看到小堇。渡轮的船长、售票口的男人,都说记忆中这几天都没有日本年轻女子搭过船。这么说来,小堇应该还在这个岛上。本来她身上就没有带买渡轮船票的钱。而且在这狭小的岛上,如果有日本年轻女孩子穿着睡衣在外面漫无目的地走着,不可能不被看到吧。也许在海里游泳溺水了。警察去询问据说那天早晨一直在山对面海滩游泳的一对德国中年夫妇。那对夫妇说不管在海上或来回的路上,都没看见日本女人。警察答应我,会尽量继续搜查看看,而且实际上我想他们确实相当卖力地出动了。但却丝毫没有任何消息,时间就这样过去了。"

妙妙长叹一口气,用双手盖住脸颊的下半部。

"只好打电话到东京,请你到这里来。因为我一个人已经一点办法都没有了。"

我试着想象小堇一个人在荒凉的山中徘徊的身影。穿着薄薄的丝质睡衣和海滩凉鞋的样子。

"睡衣是什么颜色的?"我问。

"睡衣的颜色?"妙妙以惊讶的脸色反问我。

"小堇穿在身上就那么失踪的睡衣。"

"对了,是什么颜色的呢?我想不起来了。因为在米兰买了之后就一次也没穿过。是什么颜色呢?是浅色的。大概是浅绿色吧。非常轻,也没有口袋。"

我说:"不管怎么样,再打一次电话到雅典的领事馆,请他们派个人到这岛上来。还有请领事馆联络小堇的父母亲。我知道你心情很沉重,不过总不能再沉默下去了吧。"

妙妙轻轻点头。

"你也知道,小堇有一点极端的地方,偶尔会做出一些很出人意表的事。不过她应该不会一声不响地不告诉你就离家4天,"我说,"在这方面她还算是正常的。所以小堇4天都没回来,表示她有回不来的理由。虽然不知道是什么样的理由,不过大概是蛮严重的。也许走在野地里掉进井里了,正在那里等待救援。也许被谁强行掳走了。也许被杀死埋掉了也不一定。年轻女孩子只穿一件薄薄的睡衣半夜里走在山中的话,什么事都有可能发生。不管怎么说,都必须赶快想办法才行。不过今天暂且先睡觉吧。因为看来明天还会是很长的一天。"

"小堇她,会不会……你想她会不会在什么地方自杀了?"妙妙问。

我说:"当然也不能断然说完全没有自杀的可能性。不过如果小堇在这里决心自杀的话,一定会留下信的。不会像这样丢下一切不管,给你带来麻烦的。她喜欢你,而且首先,她就会考虑到你被留下来的心情和处境。"

妙妙交抱着双臂,看了一下我的脸。"你真的这样想吗?"

我点点头。"不会错,她就是这种个性。"

"谢谢。这是我最想听的。"

妙妙带我到小堇房间去。简直像巨大的骰子一般，没有装饰的正四方形房间。有一张木制小床，有写字用的书桌和椅子，有小衣橱和放零碎东西的抽屉。书桌脚下放着一个中型的红色皮箱。正面的窗户朝向山敞开着。桌上放着崭新的苹果笔记本电脑 PowerBook。

"我把她的东西整理好，让你可以睡这里。"

剩下我一个人时，突然非常困。时刻已经快12点了。我脱下衣服，钻进棉被里去。但却睡不安稳。就在不久以前这张床上还睡着小堇呢，我想。而且长久移动的兴奋还像余音般留在我体内。我在硬硬的床上，被一股自己仿佛还在继续那没完没了的移动似的错觉所袭。

在棉被里我重新回想一次妙妙的长谈，我试着想把重要部分列出来。但脑子无法顺利作用。没办法有系统地思考事情。没办法，一切只好等明天再说。然后我忽然想象小堇的舌头伸进妙妙嘴里的情景。那也明天再说了，我想。虽然很遗憾，并不太有明天会比今天好的展望。不过不管怎么样，现在在这里想这些也一点都没用。我闭上眼睛，不久就落入深沉的睡眠中。

10

我醒过来时，妙妙正在阳台准备摆出早餐。时刻是8点半，新的太阳正让世界充满了新的光。妙妙和我在阳台的餐桌就座，一面眺望着光芒耀眼的海一面用早餐。吃了吐司和蛋，喝了咖啡。两只白鸟掠过斜坡朝向海面仿佛滑行般飞下去。从附近不知道什么地方传来收音机的声音。播音员以很快速度的希腊语播报着新闻。

时差所带来的奇怪麻痹般的感觉还留在脑心。或许因为这样，我无法分清现实和看起来像现实的东西间的界线。我在希腊这个小岛上，和昨天才刚刚第一次见面的比我大的美丽女人两个人共进早餐。这个女人爱小堇，但却无法感觉性欲。小堇爱这个女人，而且感觉到性欲。我爱小堇，也有性欲的感觉。小堇虽然喜欢我，但并没有爱我，也无法有性欲的感觉。我对别的匿名女人能有性欲的感觉，但却不爱她。关系非常复杂。简直像存在主义戏剧的剧情一般。一切事情都堵在那里行不通，谁也到不了任何地方。无可选择。而现在小堇更独自从舞台上消失了。

妙妙往我空了的杯子里再为我注入新的咖啡。我道了谢。"你喜欢小堇吧？"妙妙问我，"也就是说，以一个女人来喜欢。"

我一面在面包上抹黄油一面简单地点头。黄油又冷又硬,花了些时间才抹开。然后我抬起头补充道:"这种事情大概是由不得你选择的。"

我们默默继续吃着早餐。收音机的新闻报导结束后,传来希腊的音乐。风吹着,摇动九重葛的花。凝神注视时,看得见海面掀起无数的小白浪。

"我想了很多,我想今天趁早到雅典去一趟,"妙妙一面剥着水果皮一面说,"电话上大概说不出结果来,还是直接到领事馆去讲清楚比较好。结果会带领事馆的人回这里来也不一定,或等小堇的父母亲到雅典来,再一起回这里来。不管怎么样,如果可以的话,在这期间希望你能留在这里。也许岛上的警察会有什么事联络进来,而且小堇也有可能忽然回来。这件事可以拜托你吗?"

没关系,我说。

"我这就去警察局问问看搜查结果,然后到港口去包租一艘小汽艇到罗得岛去。因为往返花时间,所以我想会在雅典订饭店住下来。大概要花两三天吧。"

我点点头。

妙妙剥完橘子皮之后,把刀刃在餐巾上仔细擦过。"对了,你见过小堇的父母亲吗?"

一次也没有,我说。

妙妙叹了一口像往世界尽头吹的风似的深沉的气。"唉,我到底该怎么解释才好呢?"

她的迷惑我也很能理解。无法解释的事,到底该怎么解释才好呢?

我送她到港口。妙妙带了一个装换洗衣服的小皮包,穿一双有跟的皮鞋，背着一个Mila Schön的单肩皮包。我陪她一起经过警察局，去打听消息。说我是碰巧到附近来旅行的妙妙的亲戚。依然没有线索。"不过没问题，"他们以明朗的表情对待我们，"没有必要太担心。你们看看，这是个和平的岛，当然不是说完全没有犯罪。有人胡闹打架，有人喝醉酒，也有政治上的对立叫阵。毕竟是人的营生嘛，全世界到处还不是一样。不过那都是自己人之间的纠纷。过去15年之间，从来没有一次以外国人为对象的严重犯罪。"

确实或许是这样。不过问起小堇身上到底发生什么时，他们也无法说明。

"岛的北边有个很大的钟乳洞，如果不小心跑进去的话，也许会出不来，"他们说，"因为里面像复杂的迷魂阵一样，不过那在非常远的地方。小姐一定走不到那里的。"

我试着问有没有在海里溺死的可能性。

他们摇摇头。这附近没有强烈的海流。而且这一星期天气都还算好，海浪也不特别大。每天都有很多渔夫出海打鱼。如果小姐在海里游泳溺死的话，一定会有人发现的。

"井呢？"我提出来问，"有没有什么地方有深井，在散步的时候掉下去，有这种可能吗？"

警察摇摇头。"在这个岛上没有人挖井。因为没有那个必要。我们有很多泉水，有几个不会干涸的泉源。而且岩盘坚硬，要挖井是很麻烦的作业。"

走出警察局，我对妙妙说，可能的话，我想早上到你们两个人每天去的山那边的海滩走走看。她在书报摊买了岛上简单的地图，把路线标出来，并忠告我说单程要走大约45分钟左右，所以最好要穿结实一点的鞋子。然后她就到港口去，跟包租小游艇的司机交涉，一面各用一半法语和英语混着讲，一面快速谈好了到罗得岛的价钱。

"但愿结果一切都很顺利。"妙妙临别时对我说。但她的眼睛却在说着别的。事情没那么简单，她非常了解，我也了解。船的引擎发动了，她一面用左手压着帽子，一面用右手向我挥手。当她所搭的包租游艇消失在港外时，我的心情变成好像身上被抽掉几个小零件似的。我在港口周围漫无目的地走了一阵子，在土特产商店买了一副深色太阳眼镜。然后登上陡峭的阶梯回到度假别墅去。

随着太阳逐渐升高，炽热也逐渐增强。我在游泳裤上穿一件短袖棉衬衫，戴上太阳眼镜，穿上慢跑鞋，沿着狭窄险峻的山路走到海滩。没戴帽子来是一大失败，但当然后悔已经太迟了。稍微走一段上坡路之后，立刻感到口渴。我站定下来喝了一口水，在脸上和手臂上涂了向妙妙借来的防晒油。道路因为干燥的灰尘而雪白，强风一吹，灰尘便化成粉末在空中飞扬。偶尔和牵着驴子的村人错肩而过。他们就大声跟我打招呼，说："卡立梅耶耶拉（你好）！"我也以同样的招呼回答。这样大概正确吧？

山上茂盛的树木都很低矮，形状扭曲。在到处是岩石的斜坡上，山羊和绵羊一脸不高兴地到处绕着走。它们脖子上系的铃铛发出喀啷喀啷干干的声音。照顾家畜的，主要是小孩或老人。他们在我经过时，首先会斜眼瞄我一下，然后好像表示什么似的，只稍微举起手一点点。我也同样举起手来回应招呼。确实小堇应该不可能在这种地方一个人徘徊流连的。既没有可以藏身的地方，而且应该会被人看见。

海滩上没有人影。我把衬衫和游泳裤脱掉,赤裸地下海。水非常舒服、透明。即使离开岸边很远,依然还可以清晰看见海底的石头。在海湾附近停泊着一艘大游艇,下了帆之后的高高帆柱像巨大的节拍器般慢慢地左右摇摆着。但甲板上并没有人影。只有海浪退下时,带走无数小石头的沙啦沙啦的声音忧愁地响着。

　　游一下泳之后回到沙滩,赤裸地躺在浴巾上,仰望碧蓝的高空。海鸥在海湾上方一面盘旋一面寻找鱼的踪影。天上连一小片云都看不见。我在那里躺了30分钟左右,稍微迷糊地打了个盹,不过在那之间没有一个人来到海滩。不久我对这种安静开始觉得不可思议起来。这海滩对一个人独自来访来说未免太安静、太美丽了。这里有令人联想起某种死法的东西。我穿上衣服,走同一条山路回到度假别墅。炎热比刚才更激烈了。我一面机械性地移动着脚步,一面试着推测小堇和妙妙两个人走在这条路上时到底在想些什么。

　　她也许在对自己体内的性欲想东想西。就像我跟小堇在一起时偶尔会想到自己的性欲一样。我可以想象那时候小堇的心情。小堇脑子里一面浮现躺在旁边的妙妙的裸体,一面想抱她吧。其中有期待,有兴奋,有放弃,有迷惑,有混乱,有胆怯。情绪一会儿高涨一会儿低落。忽而觉得一切都会顺利,忽而觉得一切都会行不通。不过结果,真的就不顺利了。

　　我攀登到山顶,在那里喘一口气喝了水,再走下坡。在走到看得见度假别墅的屋顶那一带时,我想起妙妙说小堇来到这个岛后,窝在房间里热心写着什么。小堇到底在写什么呢?妙妙对此没有再说什么,我也没有刻意去问她。不过小堇所写的东西中,或许隐藏着她失踪的线索也不一定。为什么没注意到这点呢?

回到度假别墅,我走进小堇房间,打开PowerBook的开关,试着打开硬盘看看。但并没有找到什么不得了的东西。有这次欧洲旅行的费用明细,有住处的记录,有行程表。然后全都是和妙妙工作有关的事务性东西。到处都没看到她所写的私人性东西。从目录中调出"最近使用的文件"来看,上面也完全没下任何记录。大概是刻意删掉了。小堇不想让别人随便读到。那么,她一定是把自己所写的东西存入磁盘里,保管在什么地方了。很难想象她带着磁盘消失踪影。睡衣也没有口袋。

我在书桌的抽屉里试着找找看。有几片磁盘。但全都是硬盘里有的东西的备份,或其他工作的资料。找不到可能有含意的东西。我坐在书桌前,试着想象如果我是小堇的话,会把那磁盘收在什么地方呢?房间很小,没有任何地方可以藏东西。而小堇对于自己所写的东西随便让别人读,是极为神经质的。

当然是在红色皮箱里。因为在这个房间里的东西中,能够上锁的就只有这个而已。

这崭新的皮箱轻得像是空的一样,试着摇一摇也没有声音。但四位数的数字锁却是锁着的。我试了几个小堇可能当作密码的数字。她的生日、住址、电话号码、邮编……全都不行。这是当然的。谁都想得到的号码,不能当成密码来用。那应该是她能凭空记得又跟她的私人资料没有联系的数字。思考了很久之后我忽然想到,国立市的——也就是我的——市外电话区号,我试着合合看。0425。锁立刻发出声音弹开了。

皮箱内侧的侧袋里，塞着一个黑色小布袋。拉开拉链，里面放着一本绿色封面的小型日记和一张磁盘。我先看看日记。正是她平常的字迹。但那上面并没有写任何像有意思的事。只有跟谁见面、饭店名字、汽油价格、晚餐菜单、葡萄酒品牌和味道的倾向。这些记述，几乎全都只以单个词语无表情地一连串写下来。甚至反而是只记了一行的白纸页数还比较多。看来记日记并不是小堇所擅长的领域。

磁盘上并没有写标题。标签上只以小堇独特的字迹写着日期而已。19**年8月。我把那个磁盘放进PowerBook里，打开来看。目录上有两篇文档。每篇文档都没有附标题。只有1和2的编号而已。

我在打开文档之前，先试着慢慢环视房间一圈。衣橱里挂着小堇的上衣。有她的潜水眼镜。有她的意大利语辞典，有她的护照。抽屉里放着她的圆珠笔和自动铅笔。书桌前的窗外，是满是岩石的和缓斜坡延伸出去。邻家围墙上有一只全身漆黑的猫正走过。而这没有装饰味道的正方形房间则正被下午的寂静所包围。一闭上眼睛，我的耳里便还残留着早晨无人的沙滩一波波涨落起伏的海浪声。再一次张开眼睛，这次我侧耳倾听现实世界的声音，但什么也听不见。

按了两下鼠标后，文件打开了。

11

文档1

"人如果被枪击,是会流血的"

　　我现在,说起来正处于漫长命运暂时的结局(对命运来说,除了所谓暂时的之外,难道还有别种结局吗？这虽然是个颇耐人寻味的问题,不过暂且不提),来到希腊的这个海岛。直到不久以前我连名字都没听过的一个小岛。时刻是……凌晨4点稍过一些。当然天还没有亮。无邪的山羊们正窝在平静而集合的睡眠中。窗外田野里排列着的橄榄树,此刻正暂时持续吸着黑暗的深深营养。然后照例有月亮。月亮像阴郁的祭司般冷冷地在屋顶上,用那双手捧着不孕之海。

　　不管在世界上的任何地方,我比其他任何时刻都来得更喜欢这个时刻。不久就要天亮了。就像从母亲腋下(是右边还是左边？)生出来的佛陀一样,新的太阳即将从山头冒出脸来。深思熟虑的妙妙终于将安静地醒过来。到了6点钟,我们将做简单的早餐吃,再翻过后山到每天去的美丽海岸。就在这样如同平常的一天开始之前,我(正卷起袖子)想把这工作好好地做完。

如果不把几封长信算进去的话,已经很久没有纯粹为自己写文章了,因此对于到底能不能顺利写到最后实在有点没自信。话虽这么说,不过想想所谓有自信"能够顺利写完"这回事,我有生以来从来也没有过一次。我只是单纯地不写实在受不了而已。

为什么不写实在受不了呢?这理由很清楚。因为要思考点什么,首先就有必要把那个什么试着写成文章。

我从小就一直这样。有什么不明白的事情时,我就会将散落在脚边的语言一一拾起来,试着排列成文章的形式看看。如果那文章没有帮助的话,就重新把它打散,再试着改排成别种形式看看。这种事重复做几遍,我终于可以跟平常人一样地思考事情了。写文章对我来说,既不那么麻烦,也不怎么痛苦。就像别的孩子捡拾美丽的小石头或橡树子一样,我则热中于写文章。我就像呼吸一样自然地,用纸和铅笔一篇又一篇地写文章。并思考。

或许你会说,如果每次要思考问题时都必须一一去做那种事情的话,要等结论出来恐怕得花不得了的时间吧。或许你不会说。不过事实上确实花了很多时间。刚进小学时的我,甚至被周围的人认为是不是"智障"。我无法适度配合同班小孩的步调一起学下去。

这种差异所带来的不适应,在我小学毕业时已经减少很多了。我已经学到在某种程度上让自己去配合周围世界成立方式的方法了。不过差异本身,一直到我大学休学,和一般公式化的人断绝关系为止,一直还在我心中。就像草丛中沉默的蛇一样。

在这里的暂设命题。

我日常以文字的形式确认自己。

对吗？

没错！

就因为这样，我到目前为止写了相当大量的文章。日常性地——几乎是每天。就像一个人勤快地持续割除以非常快的速度永不休止地持续长高的广大牧场的草一样。今天除除这里，明天除除那里……一星期后绕回来时，草已经又茂盛地长到和原来一样高了。

但自从遇见妙妙之后，我几乎变成无法写所谓文章这东西了。为什么呢？K所说的虚构（fiction）＝传导（transmission）说，相当具有说服力。确实这在事物的某一面也许是真实的。不过我也觉得不只是这样而已。嗯，试着想得单纯一点吧。单纯、单纯。

换句话说，我也许已经停止思考了——当然是指我个人把它定义为思考的这回事。就像两个重叠的人造卫星一样，我紧紧贴在妙妙的身旁，和她一起飘流到什么地方去（应该说是某个莫名其妙的地方吧）。我想"那也没什么关系"。

或者应该说，为了陪伴在妙妙身边，我有必要变成非常轻便。连所谓思考这种基本行为，对我来说都已经变成相当沉重的包袱了。简单说只是这么回事而已。

不管牧场的草已长得多高了，我已经（哼）不管了。我摊平了躺在草丛里仰望天空，眺望着流动的白云。并把命运付托给那云，任其飘流。悄悄地把心交给湿润的草香，交给吹过的风的呢喃。连我到底知道什么、不知道什么——的差别，对我都无所谓了。

不，不对。那对我来说，本来就无所谓的。我必须试着更准确地记述看看。准确、准确。

想想看,自己所知道的(以为知道的)事情,也暂且当作"不知道的事情",试着化为文章的形式看看——这是我对写文章的第一条规则。"啊,这个我知道。不必费功夫特地去写。"一这样开始想时,就完了。我也许到不了任何地方。例如具体地说,如果我把在旁边的谁想成"啊,这个人的事情我知道得很清楚。不必一一去考虑。没问题。"而安心的话,我(或者你)可能会被出卖得很惨。我们以为深知的事情背后,却隐藏着同样多我们所不知道的事情。

所谓理解,经常不过是误解的总体。

这是(虽然只限于在这里)我认识世界的小小方法。

在我们的世界里,"知道的事"和"不知道的事"其实就像暹罗双胞胎那样宿命性地难以分开,混沌地存在着。混沌、混沌。

到底有谁,能分辨海和海所反映的东西的界线呢?或者能够分辨下雨和寂寞的区别呢?

就这样,我很干脆地放弃分辨知与不知。这是我的出发点。依不同的想法,这也许是很糟糕的出发点也不一定。不过人,嗯,总是不得不从什么地方开始出发的,对吗?就因为这样,我把主题和文体、主体和客体、原因和结果、我和我的手关节,一切都当作不可能分辨的东西来认定。各种粉撒满了厨房一地,盐巴、胡椒、面粉、太白粉,全混在一起了——说得明白一点的话。

我和我的手关节——是的,回过神时我又坐在电脑前面,弄响着我的手关节。自从戒烟不久之后,这个坏毛病就又复活了。我首先把右手的五个手指根部弄得劈啪劈啪响,然后把左手的五个手指根部弄得劈啪劈啪响。不是我自夸,我可以很猛烈地弄出非常大的声音——就像徒手折断什么的脖子时那样干脆而不祥的声音。从小学时候开始,我那声音之大都不输给班上的任何男生。

上了大学不久之后,K才悄悄地告诉我说,那并不是很值得赞美的特技。女孩子到了某个年龄,至少在别人面前,是不可以大声弄响手指关节的。如果做那种事情的话,看起来简直就像出现在《007之俄罗斯之恋》的罗蒂·兰雅一样噢。于是我想"原来如此"——为什么以前没有人告诉我这件事呢?——我努力把这毛病改掉。我虽然非常喜欢罗蒂·兰雅,不过像那样就伤脑筋。但自从戒烟之后,我发现自己经常面对书桌无意识地弄响手关节。劈啪劈啪、劈啪劈啪。我的名字是邦德,詹姆斯·邦德。

话说回来。已经不太有时间了。没时间绕圈子。现在不管罗蒂·兰雅了。也没闲工夫再去忙着比喻。就像前面已经写过的那样,我们身上难以避免地同居着"所知道的(以为知道的)事情"和"不知道的事情"。而且很多人在这两者之间方便地立起屏风活下去。因为这样既轻松又方便。可是我却很干脆地把这屏风拆掉。因为我没办法不这样。因为我实在很讨厌屏风这东西。因为我就是这样的人哪。

不过假如再让我用一次暹罗双胞胎的例子的话,他们并不是经常都相处得很好。并不是经常都努力了解对方。反而是相反的情况比较多。右手不知道左手想要做什么,左手不知道右手想要做什么。因此我们感到混乱、迷失……并且冲撞上什么。砰！

我在这里想说的，也就是，当人们想让"所知道的（以为知道的）事情"和"不知道的事情"和睦相处时，需要有相当巧妙的对策。所谓这对策——对，没错——就是思考。换句话说，要事先把自己紧紧联系固定在某个地方。要不然，我们肯定会闯进那活该被罚的"冲突跑道"去。

设问。
那么，如果既不认真思考（一面躺在原野上，望着天空中悠悠的白云，一面听着小草长高的声音），又想免于冲突（砰！），人应该怎么办才好呢？很难吗？不不，纯粹从理论上来说，那很简单。C'est simple. 只要做梦。继续做梦。进入梦的世界，从此不再出来。永远活在那里。
在梦中你不必分辨事情，完全、不必。因为那里本来就没有所谓分界线这东西存在。所以在梦中几乎不会发生冲突，假定发生了，也不会痛。但现实却不一样。现实会咬人。现实、现实。

从前，萨姆·佩金帕导演的《日落黄沙》公映时，一个女记者在记者招待会上举手发问。"到底为了什么理由，需要去描写那么大量的流血呢？"她以严肃的声音问。演出明星之一的欧内斯特·博格宁一脸困惑地回答："听好噢，小姐，人被枪击的话，是会流血的。"这部电影是在越战打得正激烈的时代制作的。
我喜欢这台词。或许这就是现实的根本吧。难以分辨的东西，就以难以分辨的事实来接受，并流血吧。枪击和流血。

听好噢，人被枪击的话，是会流血的。

所以，我一直在写文章。我做日常性思考，在持续思考的延长中，在某个无名的领域里，让梦受胎——漂浮在所谓"非理解"的这个宇宙性压倒性羊水中，名为"理解"的无眼胎儿。我所写的小说毫无办法地拉长，最后（现在这时候）变成不可收拾，大概就是因为这样吧。我还没办法维持符合那规模的补给线。无论是技术上，或道义上。

不过这并不是小说。该怎么说才好呢——总之只是文章而已。不需要巧妙的收尾。总之我只是发出声音、思考事情而已。在这里我没有道义上的责任之类的。我……嗯，只是在想而已。我最近已经很久没有想什么了，而且往后大概也暂时不会想什么。但总之现在我在想。到天亮以前，我在想。

不过话虽如此，每次我却挥不去熟悉的灰暗疑虑。我是不是对完全无用的东西投注太多时间和精力了？我是不是往大家正为长期降雨所困扰的地方，努力搬运沉重的水桶给他们呢？我是不是应该放弃徒劳无益的努力，只要在自然的流水中让自己随波逐流就行呢？

冲突？冲突是指什么？

换一种说法吧。

嗯，要换成什么来说呢？

对了——是这样的。

假如要写这样漫无边际的文章的话，还不如再一次钻进温暖的床上，一面想着妙妙一面自慰正常多了。我指这个。

我非常喜欢妙妙臀部的曲线，喜欢她像雪一般纯白的头发。但她的阴毛却漆黑得和头上的白发形成对照，形状美丽。她那包在黑色小内裤里的臀部也很性感。我无法停止想象那里面同样漆黑的T字形阴毛。

不过我不要再想这种事了。要断然停止。我把漫无目的的性幻想回路开关完全切断（啪）。我为了写这文章暂且集中精神。我想把天亮以前的贵重时间用在更重要的事情上。什么是有效的什么是无效的，是由别的地方的别人决定的。而我现在对那些人则不如对一杯麦茶的兴趣更高。

对吗？

没错

那么就向前走吧。

虽然有人说把梦（那不管是实际做的梦，或是创作）写进小说里是危险的尝试，不过唯有少数拥有特殊才华的作家，能够把梦所拥有的不合理的整合性用语言重新组织起来。我对这点也没有异议。尽管如此，我还是要在这里谈有关梦。我刚刚才做了这个梦。我把那梦当作与我自己有关的一个事实，记录在这里。作为一个忠实的仓库管理员，和文学性（嗯）几乎没关系。

老实说，到目前为止我做过好几次情节和这类似的梦。细节各不相同。地点也不同。但类型总是一样。从梦中醒来时，我所感到的痛的实质(深度和长度),也大致相同。其中有一个主题一直在重复反复着。就像在视线不良的弯路前总会拉响汽笛的深夜火车一样。

"小堇的梦"

(这个部分以第三人称记述。因为觉得那样好像比较正确的样子)

小堇为了和老早以前就死去的母亲见面而爬上长长的螺旋梯。母亲应该会在楼梯的最顶点等着她。母亲有事要告诉小堇。往后要活下去小堇无论如何必须先知道的重大事实。小堇害怕见母亲。因为是第一次去见已经死掉的人,而且也不知道母亲是什么样的人。或许她对小堇怀有——由于小堇所想象不到的原因——敌意或恶意也不一定。但是又不可能不见。这是她被赋予的最初也是最后的机会。

是一条很长的楼梯。一直往上走了又走,还是没到达顶点。小堇一面喘着气一面继续快步走上去。这样的话快没时间了。母亲不可能一直留在这建筑物里。汗从小堇额头冒出来。楼梯终于到顶了。

楼梯尽头有一个宽大的舞厅,正面尽头是墙壁。坚固的石墙。就在脸的高度一带,开有像抽风机换气孔般的圆洞。直径50公分左右的狭窄的洞。而小堇的母亲简直以像勉强从脚到头被推进去似的局促姿势,进入那洞里去。小堇领悟到限定的时间已经结束了。

母亲的脸笔直朝向这边,在那狭小的空间里躺着。她好像在诉说什么似的看着小堇的脸。这个女人是我的母亲,小堇第一眼就知道了。

是她给了我生命和肉体。可是母亲不知道为什么,和家人相簿上的照片里映出的母亲看起来像两个人。真正的母亲美丽而年轻。或许那个女人不是我的母亲呢,小堇想。我被父亲骗了。

"妈——"小堇放声叫出来。感觉到心中有一种障碍好像被解除了。但小堇这话才一出口的同时,母亲就像被巨大的真空反方向吸进去似的,被拉进洞的深处去了。母亲张开嘴巴,向小堇喊叫什么。但由于从洞的缝隙漏出来呼呼的空虚风声,那话没有传到小堇耳里。而在下一个瞬间,母亲的身影已经被拉进黑洞深处消失了。

回头一看,楼梯已经消失。现在四面已被石墙包围住。刚才有楼梯的地方设有一道木门。旋转把手向内侧打开时,对面是空的。她正站在高塔的顶端。往下看时由于高度的关系而感到眼眩。天上有很多像小飞机般的东西在飞着。谁都会做的一个人乘坐的简单飞机。用竹子、轻木材等做的。座位后面的部分,附有握拳般大的引擎和螺旋桨。小堇大声地朝向通过的飞行员喊叫求救,请他们来救自己出去。但飞行员们根本就没有转向她这边看。

小堇想大概因为自己穿着这样的衣服,所以谁都看不见自己。她穿着像在医院规定穿的那种不分彼此的白色长袍。她脱掉那衣服,全身赤裸。长袍下什么也没穿。她把脱下的长袍往门外的空间抛出去。那就像解开束缚的灵魂般,随风飘着,飘到远方消失了。同样的风也吹拂着她,拂动阴毛。回过神时,刚才在附近飞的小型飞机已经全部变成蜻蜓了。天空充满了各种颜色的大蜻蜓。它们巨大的球形眼睛朝向所有的方向闪烁着光芒。而那翅膀的声音,就像收音机的音量转大般变得越来越大声。终于变成难以忍受的轰响。小堇当场蹲下来,闭上眼睛,塞住耳朵。

这时候她醒过来。

小堇清清楚楚地记得梦中的各种细节。清楚到可以画成画的程度。但是只有被吸进黑洞消失掉的母亲的脸,却无论如何也想不起来。那时母亲嘴里说的重要的话,也同样消失到虚无的空白里去了。小堇在床上使劲咬着枕头,拼命地哭起来。

"理发师不再挖洞"

在做过这个梦之后,我下了一个重大的决心。我辛勤努力所架设的吊桥前端终于碰到对岸坚固的岩盘。咚。我想我要清楚地告诉妙妙我在追求什么。这种吊在半空中的状态不能永远继续下去。总不能像某个胆怯的理发师那样在后院挖个不怎么样的洞,悄悄告白说:"我爱妙妙!"如果继续这样下去的话,我一定会不断地再继续失去。每一个黎明和每一个黄昏,将逐渐夺走我的一点一滴。而且不久之后所谓我这个存在也将被流水冲刷殆尽。变成"什么都没有"了。

事情像水晶般非常清楚。水晶、水晶。

我想拥抱妙妙,想让妙妙拥抱。我已经付出太多东西。我已经不想再给他们什么了。现在开始也还不迟。因此我必须和妙妙相交。必须进入她的体内。希望她也能进入我的体内。像两条贪婪的滑溜溜的蛇一样。

如果妙妙不接受我怎么办?

那样的话我只好再度接受事实吧。
"听好噢,人被枪击的话,是会流血的。"

血不得不流。我必须磨刀,准备在某个地方割狗的喉咙。

对吗?
没错。

*

这篇文章是发送给自己的讯息。就像回旋镖一样。它被丢出去,到遥远的黑暗中切割,使可怜的袋鼠小灵魂冷却,终于又飞回我的手上来。飞回来的回旋镖,和抛出去的回旋镖不是同一把。我知道。回旋镖、回旋镖。

12

文档2

现在的时刻是下午2点半。外头的世界像地狱般炎热耀眼。岩石、天空和海都一样白花花地闪着辉煌的光。眺望一会儿之后,它们就会互相吞食彼此的界线,溶解为浑然一体。一切有意识的东西都避开一无遮拦的光,沉入阴影中打盹。连鸟都没在飞。不过家里却凉得很舒服。妙妙在客厅听着勃拉姆斯。她穿着细肩带的蓝色夏裙,把雪白的头发系一小束在后面。我坐在自己的书桌前写这文章。

"音乐会不会妨碍?"妙妙问。

勃拉姆斯是构不成妨碍的,我这样回答。

我一面回忆几天前妙妙在勃艮第村子所说的事,一面重新整理。这不是一件简单的工作。她的话断断续续,而且情节和时间不断地交错着。有时分不出什么在前什么在后、什么是原因什么是结果。当然这不能责怪妙妙。埋进记忆深处阴谋的刻薄剃刀,划开她的肉。浮在葡萄园上的星光随着黎明逐渐醒来,生命的颜色也从她脸颊上渐渐退潮。

我说服她，让她说出来。鼓励、胁迫、撒娇、赞美、诱惑。一面让红葡萄酒杯频频倾注，我们一面继续谈到天亮。两个人手牵着手共同寻觅、分解、重组她记忆的轨迹。但妙妙还是有无论如何都想不起来的部分。一踏进那个地方时，她便静静地感到混乱，并喝更多的葡萄酒。危险地带。我们停止继续探索。小心地走出那里，往比较安全的地方走。

说服妙妙谈那件事，是由于我发现妙妙把头发染黑。因为妙妙很小心，所以周围没有任何人——除了少数例外——知道她染头发。但我却注意到了。长久旅行每天生活在一起，总有一天会看到。或许妙妙刻意不隐瞒也不一定。如果她真的想的话，应该可以更小心的。妙妙也许觉得让我知道也是没办法的事吧。或许她希望我注意到也不一定。（嗯，这当然只不过是我的推测而已。）

我直率地问她。对，我的个性就是忍不住要直率地问个究竟。你到底有多少白发？什么时候开始染的？她说14年。14年前头发一根也不剩地完全变白了，她说。生了什么病吗？不是，妙妙说。因为某一件事情，所以头发完全变白了。只在一夜之间。

我说希望能听听那件事情——我恳求她说。我想知道有关你的一切事情。因为我也会毫不隐瞒地告诉你我的任何事情。但妙妙静静地摇摇头。她从来没有跟任何人说过这件事。连她丈夫，她都没有告诉他真正的事情。14年之间，她把它当作只属于自己一个人的秘密一直保守到现在。

不过结果对那件事,我们决定谈到天亮。任何事情终究有该谈出来的时候,我这样说服妙妙。要不然人的心永远会被继续束缚在那个秘密上。

我这样一说,妙妙就像在望着远方的风景似的望着我。她的瞳孔中有某种东西慢慢地浮上来,又沉下去。她说:"嘿,我这边已经没有任何东西需要清算了噢。需要清算的是他们,不是我。"

我无法理解妙妙话中真正的含意是什么,我老实说出来。

妙妙说:"如果我告诉你这件事,今后我和你两个人将一直共有这件事,对吗?但我不知道这到底对不对。我现在如果打开这个盒盖,也许你也会被包含进这件事里也不一定。这是你所希望的吗?我不管付出什么样的牺牲,都想忘记的这件事情,你竟然想知道吗?"

对,我说。不管什么事情都好,我都愿意跟你共有。希望你什么都不要隐瞒。

妙妙喝了一口葡萄酒,闭上眼睛。有一段像时间逐渐松弛下去般的沉默。她正犹豫着。

但结果,她开始讲了起来。一点一点地。片段片段地。其中有些东西立刻动起来,有些东西则一直继续留着。在这里产生了各种落差。有时候,落差本身也开始带有意义起来。我以一个述说者的立场,不得不小心谨慎地把那些收集捡拾起来。

妙妙与摩天轮

妙妙那年夏天,决定一个人住在瑞士靠近法国边界附近的一个小村子里。她25岁,当时正住在巴黎学钢琴。会来这个村子,是应父亲要求来谈生意的。谈生意本身很简单,跟谈生意对象公司的负责人一起吃过一次晚餐,在合约书上签个名字就完了。但她对这个村子却一见钟情。是个小巧雅致的美丽村子。有湖,湖畔有中世纪的城堡。她开始想在这个村子里住一段时间生活看看。附近的村子还举办夏季音乐节。她也可以租车子每天去那里参观。

很巧的是刚好有一间短期出租附家具的公寓空着。建在村子尾山丘上感觉很好的漂亮小公寓。视野很好。附近又有练习钢琴的地方。虽然租金不便宜,不过不够的部分请父亲帮忙总有办法。

妙妙在那个村子展开短暂而心情安稳的生活。每天去参加音乐节,到附近散步,认识了几个人。发现喜欢的餐厅和咖啡馆。从她房间的窗户看得见村外的游乐场。游乐场里有很大的摩天轮。看得见有门的各色车厢系在令人联想到命运的巨大车轮上,花时间慢慢在空中旋转。达到一定高度的空中时,又开始下降。摩天轮什么地方也去不了。只是上到上面,又再下来而已。在那上面很奇怪却能得到不可思议的舒畅感。

到了晚上摩天轮便点亮无数的灯光。游乐场结束营业,摩天轮停止旋转之后,那照明灯光依然亮着。一直到天亮为止,简直像和天上的星星互相争辉似的,车轮明亮地闪着光辉。妙妙坐在窗边的椅子上,一面听着收音机的音乐,一面毫不厌倦地望着摩天轮上上下下的样子(或像纪念碑般静止不动的样子)。

她在村子里认识一个男人。50岁左右的英俊拉丁系男人。个子高高的，鼻形美好而有特征，头发笔直而黑。他在咖啡馆向她开口打招呼。问她从哪里来。她回答从日本。两个人谈了起来。听说他叫作费迪南。生在巴塞罗那，不过大约从5年前开始在这个村子从事家具设计的工作。

他以轻松的口气聊着，说着笑话。聊聊天之后他们就分手了。两天后两个人又在同一家咖啡馆见面。原来他是离婚的单身者。离开西班牙，是为了到一个新地方过新生活，他说。但她发现自己对这个男人并没有很好的印象。可以感觉到对方对肉体的需求。她闻到性欲的气味。这使她感到畏却。她决定不再接近那家咖啡馆。

但从此以后她在村子里经常看到费迪南的影子。甚至觉得他好像在跟踪自己似的。或许这是无意义的幻想也不一定。因为是个小村子，所以经常和某个人碰面并不是特别奇怪的事。他每跟妙妙四目相对时，总是对她微笑亲切地打招呼。她也回应招呼。不过妙妙似乎逐渐感觉到混合着不安的焦虑。她开始感觉自己在这个村子的安静生活似乎已被费迪南这个男人所威胁。就像在乐章的开始，象征性地被提示的不谐和音一般，为她安稳的夏季带来不祥预感的污点。

不过费迪南的出现只不过是污点的一部分而已。在这里生活了10天左右之后，她开始感觉到村子里的生活，整体上有某种闭塞感。虽然村子的每个角落都很美丽而清洁，然而她也开始觉得这好像有点器量狭小和独善其身。人们亲切而和蔼，但她开始从其中看出对东洋人似乎有眼睛看不见的感情上的差别。餐厅所端出来的葡萄酒有奇怪的余味。买的蔬菜有虫子。音乐节的演奏听来全都显得有气无力。她对音乐无法集中精神。起初觉得住起来很舒服的公寓，现在看起来也觉得像趣味恶劣的乡下房子。很多东西失去了最初的光辉。不祥的污点逐渐扩大下去。而她的眼光竟然无法从那污点移开。

夜里电话铃声响起。她伸手拿起听筒,说:"哈啰!"电话却咔地挂断了。这样连续好几次。她想会不会是费迪南?不过并没有证据。只是他怎么会知道电话号码呢?老式电话机又不能把电线拔掉。妙妙变得没办法睡好。开始吃起安眠药。食欲也没了。

她想提早离开这里。但不知道为什么,自己却无法顺利脱离那个村子。她找了些似乎说得很通的理由。房租已经预付一个月了,也买了音乐节的整季联票。她在巴黎住的公寓暑假也托人短期出租出去。现在不可能要回来——她这样告诉自己。而且并没有实际发生什么事情。没有具体的被害。也没有发生惹自己讨厌的事。也许我只是对很多事情变得过分紧张兮兮了而已。

她和平常一样在附近的小餐厅吃晚餐。这是住进这个村子之后两星期左右的事。吃过晚餐后,想要呼吸一下夜晚的空气,于是很难得地作了一个很长的散步。一面想着事情,一面不经意地从一条路走到下一条路。回过神时已经站在游乐场门口了。有摩天轮的那个游乐场。热闹的音乐、招徕客人的呼唤声、孩子们的欢笑声。客人几乎都是和家人一起来的,或当地的年轻情侣。妙妙想起小时候跟父亲去游乐场时的情景。她还记得一起坐咖啡杯时,闻到父亲粗花呢西装外套的气味。她坐在上面时,一直紧紧抓住他的西装袖子。那气味是遥远的大人世界的记号,对幼小的妙妙来说也是安全感的象征。她开始怀念起父亲。

为了散心她买了入场券，进到游乐场去看看。里面有各式各样的小屋和摊子。有射箭的柜台。有蛇的展示。有算命的小屋。把水晶球放在前面的女人向妙妙招手呼唤。"小姐，到这边来。我告诉你很重要的事噢。你的命运即将有一个很大的转变。"那个大个子女人说。妙妙笑着走开。

妙妙买了冰淇淋，一面坐在长椅上吃着，一面眺望来来往往的人潮。然后继续感到自己的心，其实是在远离人们吵嚷纷杂的地方。一个男人走来用德语向她说话。30岁左右，金发小个子，留着口髭。看起来穿制服会很相衬的那种男人。她摇头微笑，指指手表。"我在等人。"她用法语说。她发现自己的声音比平常高而干。男人没有再多说什么，不好意思地笑一笑，举起手轻轻敬个礼走开了。

妙妙站起来，开始漫无目的地走着。有人射飞镖，气球破裂。熊发出嘶嘶的声音跳着舞。风琴演奏着《蓝色多瑙河》。一抬头，摩天轮正慢慢在空中旋转。她想到："对了，去坐那摩天轮看看。"然后从那摩天轮里眺望我的公寓看看——跟平常相反。正好她的单肩皮包里放着有小型双眼望远镜。去听音乐会从远远的草地席眺望舞台时随身携带的，还放在包包里。又小又轻，但性能很好。用这个应该可以很清楚地看到房间里面。

她在摩天轮前的售票亭买了票。"小姐，快要结束了噢。"管理的老人对她说。简直像自言自语似的，朝着地下说。然后摇摇头。"已经快要结束了。这是最后一次。绕一圈就完了。"他的下颚留着白色的胡子。胡子染上香烟熏的烟色。喀喀地咳着。脸颊像长年被北风吹过似的泛红。

"没关系，一圈就够了。"妙妙说。于是买了票，走上月台。摩天轮的乘客似乎只有她一个而已。目光所及，任何车厢都没有乘客的踪影。只有很多空车厢，在空中无为地团团转着而已。简直像世界本身正缩着尾巴走近终局似的。

她走进红色的车厢，在长椅上坐下之后，刚才的老人便走过来关上门，从外面上锁。大概为了安全吧。摩天轮像一只老动物似的一面咔哒咔哒地摇摆着身体，一面开始升上天空。周围许多拥挤纷杂的展示小屋，在眼底逐渐变小。同时村子里的灯火也随之在黑夜里浮了上来。左手边看得见湖。漂浮在湖面的游览船也已点亮照明灯，柔和地反映在湖面。远处的山上零散地闪着各个小村的灯光。那美丽静静地使她的心缩紧起来。

看得见村子边山丘上她住的附近一带了。妙妙对着望远镜的焦点，寻找自己住的公寓。但不容易找到。摩天轮逐渐接近顶点。她必须赶快。她拼命地把望远镜的视野往上下左右移动，努力寻找目标建筑物。但这个村子类似的建筑物太多了。摩天轮终于到达顶点，开始宿命性地下降。她终于找到目标建筑物。就是这栋！但上面却有比她想象中还多的窗户。很多人打开窗户，让夏天的户外空气进入室内。她把望远镜从一个窗户往另一个窗户移动，终于找到三楼从右边算来第二个房间。但这时摩天轮已经逐渐接近地面。她的视野被别的建筑物挡住了。真可惜！差一点就可以看到房间里了。

摩天轮接近地面的月台了。慢慢地。她正想打开门走到外面。但门却打不开。她想起门是从外面上锁的。她眼睛探寻着售票亭的老人。但没看到老人。任何地方都没看到他。现在售票亭的灯也熄了。她想大声呼叫谁。但看不见可以呼叫的对象。摩天轮又再开始上升。真是的,她想。叹了一口气。这是怎么回事?难道那个老人去厕所,错过了她下来的时间吗?只能多转一圈再下来了。

也好,她想。只要想成因为那个老人糊涂了所以我可以多转一圈就行了。妙妙心里决定这次一定要找到自己的公寓。她双手握紧望远镜,把脸伸出窗外。由于已掌握大致的方向和位置,这次倒不费力就找到自己房间的窗户了。窗户是开着的,房间的电灯也一直点亮着(她不喜欢回到黑暗的房间,而且本来打算吃过晚餐就立刻回去的)。

从远方用望远镜看自己的房间,好像很奇怪。简直像在偷窥自己似的,甚至觉得怪愧疚的。不过我不在那里。这是当然的。桌上有电话。可能的话,我真想往那里打电话。桌上放着写到一半的信。来试着读读看那信吧,妙妙想。不过当然没办法看到那么细的程度。

摩天轮终于通过天空,开始下降。但只降了少许一点的时候,摩天轮就发出巨大的声音唐突地停止了。她的肩膀猛然撞到墙壁,望远镜差一点掉在地上。旋转车轮的马达声消失了,不自然的寂静包围住四周。刚才还广播着作为背景声的热闹音乐已经消失。地上的小屋电灯大多已经熄灭。她侧耳倾听着。只有轻微的风声,除此之外听不到任何声音。完全无声。既没有招徕客人的呼唤声,也没有小孩子的欢笑声。刚开始她无法了解到底发生了什么事。不过她后来立刻明白过来。自己被留在这里了。

她从只有半开的窗户探出身体,再看下面一次。她明白自己在相当高的地方。她想试着大声喊叫看看。想呼叫求救。但在叫之前,已经知道声音传不到任何人的耳朵里。因为她离地面太远了,而且她的声音也绝不算大。

那个老人到底到哪里去了?一定是喝了酒,妙妙想。看那脸的颜色、那呼吸、那含糊的声音——不会错。那个男人喝醉酒,把送我上摩天轮的事给忘得一干二净,就把机器停掉了。现在这时候大概已经在某个酒馆里喝着啤酒或金酒,喝得更醉,记忆更丧失了吧。妙妙咬着嘴唇。也许直到明天白天也无法从这里脱身。或者要到黄昏呢?她不知道游乐场是几点开门的。

虽说是盛夏,瑞士的夜晚还是很凉。妙妙只穿着薄衬衫和棉短裙这样的轻便服装。开始吹起风来。她再一次探出身子眺望地上。电灯数目比刚才又少了一些。游乐场的工作人员似乎整理完一天的收尾,已经回去了。虽然如此,总有留下来守卫的人吧?她深深吸一口气,拼命地大声喊出来:"救命啊!"然后侧耳倾听。她反复喊了几次。都没有反应。

她从皮包里拿出手册来,用圆珠笔在上面用法语写下"我被关在游乐场的摩天轮里,请救救我"。她把那纸条丢出窗外。纸条被风吹走了。因为风往村子的方向吹,如果顺利的话,或许会掉在村子里。但就算有人捡起那纸条来读,他(或她)会相信吗?她在下一页再写上她的名字和地址。这样应该比较具有可信度吧。这样或许人家就会认为这不是开玩笑或恶作剧,而是认真的。她把手册的一半页数都撕下来,一张一张地让风吹出去。

然后忽然想到从皮包里拿出皮夹来,把里面的东西全拿出来,只留一张十法郎钞票,并在里面放进纸条。"你头上的摩天轮里有一个女人被关在里面。请救救她。"她从窗口把皮夹丢下去。皮夹笔直往地面掉落下去。但看不见掉在哪里,也听不见落地的声音。她在零钱包里也同样放进纸条丢落地上。

妙妙看看手表。针指着10点半。她试着确认一下皮包里放了些什么。简单的化妆品、镜子、护照、太阳眼镜、租的车子和房子的钥匙。削果皮用的军用小刀。小塑胶袋装着的三片饼干。法语平装书。因为吃过晚餐了,所以到明天早晨为止应该不愁肚子饿吧。这么凉快的话,应该也不会太口渴。幸亏也还没感觉到尿意。

她在塑胶长椅上坐下来,头靠在壁上,并想着事到如今想也没有用的一些事情。为什么要到游乐场来,为什么要搭摩天轮嘛。走出餐厅后要是直接回房间去就好了。那么现在就可以悠闲地泡个热水澡,然后上床看书啊。就像平常那样。为什么不那样呢?还有他们为什么非要雇用那样糊涂的酒精中毒的老人家不可呢?

风吹得摩天轮吱吱响。为了挡风原来想关上窗子的,但以她的力气窗户却丝毫没办法拉动一点。妙妙只好放弃地坐在地上。她后悔没有穿毛线外套出来。出门时还犹豫要不要在衬衫上加一件毛线外套的。但夏天的晚上看起来非常舒服,而且餐厅离她住的公寓也只不过三条横街。当时实在没想到会到游乐场散步,还搭上摩天轮。很多事情都不顺利。

为了缓解紧张,她把手表、细细的银手镯、贝壳形的耳环脱下来放进皮包。并在地板角落里蹲着缩成一团,心想如果睡得着的话,真想一觉睡到明天早晨。但当然没那么简单就睡着。因为既冷,又不安。偶尔刮起强风,摩天轮便摇摇晃晃起来。她闭上眼睛,一面在想象的键盘上轻轻运动手指,一面试着演奏莫扎特的《A小调奏鸣曲》。并没有特别的理由,她小时候所弹的这首曲子现在竟能完全背出来。不过在和缓的第二乐章中间头脑却开始模糊起来。于是她睡着了。

不知道睡了多久。应该不是很长的时间。她忽然醒来,一瞬间不知道自己身在何处。然后记忆才慢慢恢复。对了,我被关在游乐场的摩天轮里。从皮包拿出手表一看,刚过12点。妙妙从地上慢慢站起来。由于以不自然的姿势睡着的关系,身体各个关节都感到疼痛。她打了几次呵欠,伸伸懒腰,搓搓手背。

因为不像会再立刻想睡,为了避免想太多,她便从皮包拿出读了一半的平装书出来,继续读。这是在村子的书店里买的新出版的侦探小说。摩天轮的电灯整夜开着倒很幸运。但花时间读了几页之后,她发现书的内容完全进不去脑子里。虽然两只眼睛确实在追踪着一行行的字,然而意识却不知道在什么地方徘徊。

妙妙放弃地合起书。并抬起头,眺望夜空。好像薄薄地覆盖着一层云似的看不见星星,新月也是朦胧的。由于照明状况,摩天轮镶着的窗玻璃上很奇妙地清楚映出她的脸。妙妙长久凝视着自己的脸。"这终究会结束,"她对自己说,"打起精神吧。事后想起来一定觉得很好笑。居然在瑞士的游乐场被关在摩天轮里一个晚上。"

不过那并没有成为笑话。真正的事情从这里才开始。

*

过一会儿,她拿起望远镜来,试着再一次眺望自己的公寓房间。

从刚才到现在完全没有改变。这是当然的，她想。于是一个人笑了起来。

她的视线移到公寓的其他窗子。半夜过后，很多人都睡着了。大半的窗户都变暗了。不过还有几个人还没睡，房间的灯还亮着。低楼层的人小心地拉上窗帘。但是住高楼层的人却不在意别人的眼光而把窗帘敞开着，让夜晚的凉风吹进去。在那深处各种生活，静静地或明显地展开。（谁会想到半夜里居然有人拿着望远镜躲在摩天轮里看自己呢？）不过妙妙不太有兴趣去窥探这种别人的隐私光景。不如眺望自己的空房间还有趣多了。

转了一圈视线又回到自己房间的窗户时，妙妙不禁倒吸了一口气。卧室的窗子里看得见一个赤裸男人的身影。不用说，她刚开始还以为自己搞错房间了。她把望远镜上下左右移动看看。但那是自己房间的窗户没错。家具、花瓶里的花、挂在墙上的画都一样。而且男人是费迪南。没错。就是那个费迪南。他一丝不挂地坐在她的床上。他的胸前和腹部覆盖着黑色的毛，长长的阴茎像丧失意识的生物般松垮垮地下垂着。

那个男人到底在我房间里干什么？她额头冒出薄薄的一层汗。他怎么进得去我房间的？妙妙真不明白。她很生气，而且很混乱。然后她看见一个女人出现。女人穿着白色短袖衬衫和蓝色棉短裙。女人？妙妙握紧望远镜，凝神注视。那就是妙妙自己。

妙妙已经没办法思考什么了。我在这里，用望远镜眺望着自己的房间。而那房间里居然有我自己。妙妙重新对了好几次望远镜的焦点。但那怎么看都是她自己。穿着和自己现在穿的一样的衣服。费迪南抱住她,往床上带。并一面亲吻,一面温柔地脱掉在那房间里的妙妙的衣服。脱掉她的衬衫,解开她的胸罩,脱掉她的裙子,一面吻着她的脖子一面用手掌包着爱抚她的乳房,继续爱抚一会儿之后,用一只手脱掉她的内裤。那内衣也和她现在穿的完全一样。妙妙无法呼吸。到底发生了什么事?

　　回过神时费迪南的阴茎不知道什么时候已经勃起,变成棒子一样硬了。非常大的阴茎。她从来没见过的那么大。他牵起妙妙的手,让她握着那个。他抚摸着、舔着妙妙身体的每一个细部。他花很长时间慢慢做。女人没有抗拒。她(房间里的她)任他爱抚,看起来好像在享受那肉欲的时间似的。她不时伸出手,爱抚费迪南的阴茎和睾丸。并将自己身体的一切部分毫不吝惜地展开在他眼前。

　　妙妙眼光无法从那异样的情景转开。觉得非常不舒服。喉咙干干地渴,也无法吞口水。而且恶心想吐。一切的一切都像中世纪的某种寓意画般怪异地夸张,感觉充满恶意。妙妙想,他们故意让我看到这个。他们知道我正在看。但妙妙眼光却移不开。

　　空白。

　　然后发生了什么吗?

　　从这里开始妙妙就不记得了。记忆在这里断了。

　　想不起来哟,妙妙说。她双手掩着脸,安静地说。我只知道,那是令人非常厌恶的事。我在这边,另一个我在那边,他,费迪南,对那边的我做了所有各种的事。

是什么样的事？你所谓所有各种的事？

我记不得了。但那就是所有各种的事。他把我一直关在摩天轮里，却对那边的我随心所欲地摆布。我对性爱并不害怕。也曾有一段时期自由地享受过性爱。但我在那里所目睹的却不是那样的东西。那是以污辱我为目的所进行的无意义的淫欲行为。费迪南用尽他的技巧，用粗手指和大阴茎侮辱我这个存在（但在那边的我似乎没发现自己正被污辱着的样子）。而且到最后那个人甚至变成不是费迪南了。

甚至变成不是费迪南了？我注视着妙妙的脸。如果不是费迪南，那么到底又是谁呢？

我不知道。我记不得了。总之最后变成不是费迪南了。或许从一开头就不是费迪南也不一定。

醒过来时妙妙正躺在医院的床上。赤裸的身体穿着医院的白色长袍。身体的各个关节感到疼痛。医师向她说明。一大清早游乐场的工作人员发现了她掉落的皮夹，清楚了解状况。把摩天轮放下来，叫了救护车。妙妙在摩天轮里失去了知觉，弯着身体昏倒在地。似乎受到极大的打击。瞳孔没有正常反应。手腕和脸上有不少的擦伤，衬衫被血弄脏了。她被送到医院来接受治疗。谁也不知道她是怎么负伤的。不过都不是会留下疤痕的严重的伤。警察把操作摩天轮的那个老人带走。老人完全不记得在临关门前让妙妙搭上摩天轮的事。

第二天本地警察局的警察来医院问话。她无法恰当回答。他们对照着看护照上的照片和妙妙的脸，皱起了眉头。脸上露出像错喝了不适当的东西时的奇怪表情，并有点顾虑地询问，小姐，对不起问一个好像有点失礼的问题,请问你的年龄真的是25岁吗?是啊,她说。就像护照上写的那样。为什么他们要特地问这样的问题呢?她无法理解。

不过不久后她想在洗手间洗脸,一看镜子里自己的脸时,才知道为什么。她的头发竟然一根不剩地全变白了。简直像刚积厚起来的雪一般全白。她一开始以为是某个别人的脸映在那里。她回头看。并没有任何人。洗手间里只有妙妙一个人。她再看一次镜子。她终于明白映在那里的白发女人是她自己。妙妙就那样昏倒在地。

*

然后妙妙被丧失了。

"我留在这边。但另一个我,或一半的我,却移到那边去了。带着我的黑发,我的性欲、生理、排卵,还有或许连我生的意志之类的东西一起去了。而留下来的一半,就是在这里的我。我一直这样觉得。在瑞士一个小村子的摩天轮里,由于某种原因,我这个人决定性地被撕裂成两半。那或许是类似某种交易也不一定噢。不过,并不是被夺走了什么。那应该还好好地在那边。我知道。我们只是被一片镜子分隔开了而已。但那一片玻璃的间隔,我却无论如何也无法超越过去。永远不能。"

妙妙轻轻咬着指甲。

"当然谁也不能说永远,对吗?我们或许有一天会在什么地方再见面,又能融合成一体也不一定。不过却留下一个很大的问题。那就是,镜子哪一边的形象,才是我这个人的真正样子呢?我已经变成无法判断了。例如,真正的我,是接受费迪南的我,还是厌恶费迪南的我?我已经没有再一次接受这种混沌的自信了。"

妙妙在暑假结束后也没有回到大学。她停止留学,就那样回到日本来。而且从此以后手不再碰键盘。她已经失去奏出音乐的力量了。第二年她父亲去世。她开始接下公司的经营。

"无法再弹钢琴对我虽然是个冲击,但我并没有感觉太惋惜。我轻微地感觉得到迟早会那样的。迟早嘛——"妙妙说着微笑了,"世界充满了钢琴家。世界上只要有20个现役的顶尖钢琴家,大概就够了。你到唱片行去,找找看贝多芬的《黎明奏鸣曲》或舒曼的《克莱斯勒偶记》或什么都可以,你应该也知道。古典音乐的曲目大致是有限的,CD架的空间也有限噢。对世界音乐产业来说,现役一流钢琴家只要有20个人就够了。我就算消失了,谁也不会难过的。"

妙妙把十根手指摊开在眼前,翻转了几次。好像在重新确认一次记忆似的。

"到法国来刚过一年左右时,我发现了一件很奇怪的事。那就是,技术上明显比我差,也没有我努力的人,却比我更能深深打动听众的心。参加音乐比赛时,我也在最后阶段被这些人所打败。刚开始,我以为大概什么地方搞错了吧。但同样的事一再地发生。因此我很焦躁,也很生气。觉得这很不公平。不过不久以后我也逐渐发现,我好像缺少了什么。虽然不太清楚是什么,但却是某种重要的东西。应该说是制造出动人音乐所必要的做人的深度吧。在日本的时候没发现这种事。在那里我没输给任何人,也没工夫怀疑自己的演奏。但在巴黎被许多有才华的人围绕着,我终于也能了解这样的事了。就像太阳升高后,地上的雾逐渐散尽一般,非常清楚。"

妙妙叹一口气。然后抬起头来微笑着。

"我从小时候开始,就跟周围无关地建立起自己心目中的个人规律,而且喜欢去遵守它。自立心很强,个性认真。我生在日本,上日本学校,和日本朋友一起玩耍长大。所以心情上完全是日本人,虽然如此,但国籍依然是外国人。对我来说,日本这个国家,在技术意义上终归是外国。我父母虽然不啰唆,但只有这点从小就灌输给我。你在这里是外国人噢。而且,我开始认为要在这个世界活下去,自己不能不努力独立自强。"

妙妙以平稳的声音继续:

"变强本身并不是坏事噢。当然。不过现在想起来。我太习惯于自己很强,却没有去试着了解那些比较弱的人。太习惯于幸运了,没有试着去了解碰巧不幸的人。太习惯于健康了,没有试着去了解碰巧不健康的人的痛苦。我每次看到有人因为各种事情不顺利而烦恼,或停止不前时,总是只会想到他自己努力不够。对嘴巴常抱怨的人,总以为基本上是懒惰的。当时我的人生观虽然稳固而实际,但却缺乏温暖的心的宽厚度。而且周围没有一个人提醒我这一点。

"17岁时失去处女之身,然后跟绝不算少的人睡过。有很多男朋友,也曾经在那种气氛下,就和不太熟的人睡了。不过从来没有爱过一个人——从来没有一次真心爱过谁。老实说,没有那余裕。脑子里充满了总之要成为一个一流音乐家的念头,没有想到过要绕路或拐弯。等到发现自己缺少了什么,注意到那空白时,已经太晚了。"

她再度把双手摊开在眼前,思考了一下。

"在这层意义上,14年前在瑞士发生在我身上的事,某种意义上或许是我自己制造出来的也不一定噢。我有时会这样想。"

29岁时妙妙结婚了。她对所谓性欲这东西完全无法感觉。自从瑞士的事件之后,也无法和谁拥有肉体关系。她体内有什么永远消失了。她把那事实——只有那事实——向他说明。所以我无法跟任何人结婚,她说。但他爱妙妙,就算没有肉体关系,也希望能跟她分享人生。她找不到理由拒绝那提案。妙妙从小就认识他,总是怀有安稳的好感。不管采取什么样的形式,以共同生活的对象来说,除了他之外想不到还有什么人。而且从现实上来说,公司要经营下去,结婚这形式拥有极重要的意义。

妙妙说:

"我跟我先生虽然只有周末见面,但基本上相处得很好。我们感情像朋友一样好,能够作为生活伴侣共度无拘无束的轻松时刻。谈各种事情,人格上也互相信赖。虽然我不知道他在什么地方如何处理性的事情,不过那对我都不成问题。总之我们之间没有性关系。身体也不互相接触。虽然觉得过意不去,但我不想碰他的肉体。只是不想碰。"

妙妙谈累了,用双手静静掩着脸。窗外已经完全亮了。

"我过去曾经活过,现在也还这样活着,现实中和你面对面谈着。但在这里的我,并不是真的我。你眼睛所看到的,只不过是过去的我的影子而已。你是真的活着。但我不是。像这样谈着话,我耳朵里听起来自己的声音也只不过像空虚的回音一般。"

我默默把手伸过去揽着妙妙的肩膀。我找不到可以开口的话。所以只是一直安静地揽着她的肩膀。

我爱妙妙。不用说爱的是在这边的妙妙。不过几乎同样地,也爱应该在那边的妙妙。我强烈地这样觉得。想到这个,我感觉我体内好像有自己正在分裂下去似的倾轧声。妙妙的分裂,投影为我的分裂,降临到我身上似的。非常切实地,无从选择。

然后,有一个疑问。如果现在妙妙所在的这边,不是本来实像的世界的话(也就是说这边其实是那边的话),那么在这里像这样同时紧密地被包含在内、存在着的这个我,到底又是什么呢?

13

我把这两篇文档各读了两遍。第一次快速读过,第二次慢慢地,一面注意着微细部分,一面像要刻进脑子里般读。两篇都是小堇写的文章没错。到处都看得到只有她才会用的具有特征性的用字遣词和表达方式。其中所散发的调子,和平常小堇的文章有几分不同。有她过去所没有的某种意志,有退后一步的视线。不过是她所写的文章则毫无怀疑的余地。

稍微犹豫之后,我把那磁盘收进自己旅行袋的内袋里。如果小堇安全没事地回来的话,只要放回原来的地方就行了。问题在如果她没回来,那么会有人帮她整理行李,可能会发现磁盘。不管怎么样,收在这磁盘里的文章,我不想让别人看到。

读过小堇的文章之后,在家里安静不动变得令人难以忍受。我换上新的衬衫,走出度假别墅,走下阶梯下到街上去。在港口前一家银行用旅行支票兑换100美元,然后在书报摊买了对开版的英文报纸,在咖啡馆的太阳伞下读着。叫了面带困容的服务生来,点了柠檬汁和奶酪吐司。他用短铅笔花时间把点的东西记在点菜单上。服务生白衬衫的背后,因流汗而渗出一大片痕迹。好像要诉说什么似的形状切实的痕迹。

我半机械性地读过一遍报纸之后，便漫无目的地眺望午后的港口风景。一只瘦瘦的黑狗不知从哪里走来，呵呵地嗅着我脚的气味，然后好像失去一切兴趣般不知道又走到什么地方去了。人们在各自的场所倦怠地排遣着夏日的午后。稍微可以称得上正常动着的，大概只有咖啡馆的服务生和狗吧，而且那会继续到什么时候也很可疑。刚才在书报摊卖报纸给我的老人，正在太阳伞下坐在椅子上大大张开腿沉睡着。广场正中央被刺穿的英雄雕像还像平常一样，没有一句怨言地以背承受着强烈的午后阳光。

我一面以冰柠檬汁冰凉着手掌和额头，一面试着回想小堇所写的文章和小堇失踪之间或许有什么关联性。

小堇有很长一段时间，远离写东西这件事了。自从在结婚典礼的喜宴上遇到妙妙之后，她已经失去想写的意愿本身了。即使这样，她居然在来到希腊的这个岛上后，几乎同时，写出这两篇文章。不管写的速度多快，要写出有这样分量的文章，应该需要相当多的时间和集中力才行。一定有什么强烈刺激小堇，使她站起来，走向书桌。

那到底是什么呢？更集中重点来说的话，如果这两篇文章之间有互相重叠的动机，那到底是什么？我仰起脸，一面眺望着并排停在岸上的海鸥一面思考。

然而要思考错综复杂的事情，世界未免太热了。而且我自己也太混乱、太疲倦了。虽然如此，我仍仿佛重新编组残败部队一般，将残留在自己身上的集中力——既没有大鼓也没有喇叭地——搜括到一起来。重新站好意识的体态，思考。

"重要的是，相比别人的脑袋所想出来的大事，不如自己的脑袋所想出来的小事。"我试着小声说出来看看。那是我经常在教室里说给学生听的。不过真的是这样吗？说得容易。但实际上不管多小的事，以自己的头脑思考都是难得可怕的。不，反而越是小的事情要用自己的头脑思考也许越困难。尤其在离自己习惯的主场很远时。

小堇的梦。妙妙的分裂。

这是两个相异的世界，一会儿之后我忽然想到。这是小堇所写的两篇"文档"所共通的要素。

（文档1）

这里主要讲的是小堇那天夜里所做的梦。她走上长长的楼梯去见死去的母亲。但当她跋涉到达时，母亲已经朝向那边的世界正要离去。小堇没办法阻止。并在无处可去的塔顶，被异界的那些东西所包围。和这同类型的梦，小堇以前做过很多次。

（文档2）

这里所写的是妙妙14年前所体验过的一个不可思议的事件。妙妙在瑞士一个小村子的游乐场，被关在摩天轮里一个晚上，用双眼望远镜看到在自己房间里的另一个自己的身影。也就是自己的二重身（Doppelgänger）。而且那体验破坏了妙妙这个人（或将那破坏性显在化）。根据妙妙自己的表述，她被隔在一片镜子的两边。小堇说服妙妙说给她听，她再整理成文章。

这两篇文档共通的动机，显然在于"这一边"和"那一边"的关系。

那对话的样子。应该就是引起小堇关心的动机。所以她才会面对书桌，花很长时间写出这些文章。如果借用小堇的表述的话，也就是她透过写这些文章，想要思考什么。

服务生来收吐司盘子，因此我点了续杯的柠檬汁。请他放很多冰块。送来的柠檬汁我只喝了一口，就再一次拿起来冰额头。

"如果妙妙不接受我怎么办？"小堇在第一篇文档的最后这样写着，"那样的话我只好再度接受事实吧。血不得不流。我必须磨刀，准备在某个地方割狗的喉咙。"

小堇到底要说什么呢？她在暗示要自杀吗？我可不这样想。我无法从那里头闻出死的气味。里头的音调倒不如说有一种想要更往前进，重新振奋起来的意志般的东西。狗和血都只不过是比喻而已——就像我自己在井之头公园的长椅上向她说明的那样。那意思是以咒术性形式达到生命的赋予。我为了比喻故事获得魔术性的过程，而讲了那中国城门的故事。

必须准备在某个地方割狗的喉咙。

某个地方？

我的思考碰到坚固的墙壁，无法再往前进。

小堇到底去哪里了？在这个岛的某处，有她该去的地方吗？

小堇在某个人烟稀少的地方掉进像井一般深的地方，在那里孤零零地等待救援的意象，无论如何都无法从我脑子里挥去。她很可能受伤了，孤独而饥渴。一想到这里，我的心情就变得非常不安。

可是警察都明白地说，这岛上一口井都没有。也没听过村子附近有那种洞。这是个非常小的岛，一个洞、一口井，生长在本地的我们没有任何不知道的东西,他们说。确实应该是这样吧。

我干脆提出一个假设看看。

小堇去到那边了。

这样很多事都说得通了。穿过镜子,小堇到那边去了。一定是去见那边的妙妙了。既然这边的妙妙无法接受她,这倒不如说是当然的结果吧?

她这样写着——我试着追溯记忆。"那么为了避免冲突,我们该怎么办才好呢?从理论上来说,那很简单。只要做梦。继续做梦。进入梦的世界,从此不再出来。永远活在那里。"

但有一个疑问。一个很大的疑问。要怎么样才进得去那里呢?

理论上很简单。但当然无法具体说明。

于是我又回到出发点。

我想想在东京的事。我住的公寓房间,我工作的学校,我悄悄丢在车站垃圾箱的厨房生鲜垃圾。离开日本才两天不到,那些感觉上却已经像另外一个世界的事一样了。再过一个多星期,学校新学期就要开学了。我试着想象自己站在35个左右的孩子前面的情形。离得远远的看起来,自己在职业上教别人东西这件事,感觉好像非常奇怪而且不合道理似的。就算对方只是10岁的孩子也一样。

我摘下太阳眼镜,用手帕擦额上的汗,再重新戴上太阳眼镜。并眺望海鸥。

我想着小堇的事。想着搬家时我在她身边经验到强烈勃起的事。过去从来没有经验过的那么强烈而坚硬的勃起。简直像我自己快要胀裂了似的。而且我那时候,在想象中——或许在小堇所说的"梦的世界"里——和她相交。不过那触感,在我的记忆里,比我和别的女人实际性交更真实。

我把积在口中的东西,用剩余的柠檬汁喝下。

我试着再一次回到"假设"。并试着从这假设再往前推出一步。小堇不知道在什么地方顺利找到了出口,我单纯地试着这样假设。那是什么样的出口,小堇是如何找到的,这个无从知道。这问题暂且留到后面再说。不过我们先把那当作一道门来想吧。我闭上眼睛,脑子里具体地情景般地浮现那门的样子。附在到处可见的墙壁上,非常普通的门。小堇在某个地方找到了那道门,伸出手去转动门把,就那样很干脆地走到外面去了——从这边,到了那边。就穿着薄薄的丝质睡衣和海滩凉鞋。

那道门的那边是什么样的光景,我无法想象。可是门被关上了,小堇回不来了。

我回到度假别墅,用冰箱里有的东西做了简单的晚餐。番茄罗勒意大利面、沙拉和红爵啤酒。然后坐在阳台漫无目的地落入沉思。或完全不想任何事情。没有任何人打电话来。正在雅典的妙妙应该正在努力和这里取得联系。但这个岛的电话却让人无法指望。

天空的蓝色和昨天一样正一刻刻加深中,大大的圆形月亮升上海面,几颗星星在天空穿了孔。吹上斜坡的风轻轻摇动着九重葛的花。立在凸堤尖端的无人灯塔闪烁着古老的光。人们牵着驴子慢慢走下山坡。高亢的谈话声渐渐接近,又远去。我倒是以顺其自然的心境,静静地接受着这样的异国情景。

结果电话既没有打来，小堇也没有出现。时间静静地缓缓地转移，只有夜变得更深而已。我把小堇房间里的几卷录音带拿出来，在客厅的音响设备放放看。其中有一卷是莫扎特的歌曲集。伊丽莎白·舒瓦兹科芙和瓦尔特·吉泽金（P），小堇的字写着这样的标签。我对古典音乐不太清楚，不过立刻就能理解那是美丽的音乐。歌唱的风格虽然有几分古雅，但就像在读着有风格的流利文章时一样，有一种背脊会自然挺直起来似的舒服感觉。钢琴师和歌手间，互相你来我往，一呼一应的纤细运气，就像两个人实际就在眼前一样鲜明地再现。收录在里面的曲子很可能就有《堇》。我身体深深沉进椅子里，闭上眼睛，和小堇共有那音乐。

音乐的声音使我醒来。不是多大的声音。像听得见又像听不见，那样遥远的音乐声响。但那声响就像没有脸的船夫，黑夜里将沉入海底的锚慢慢拉起来似的，徐徐地，但切实地使我醒过来。我在床上坐起身，把脸靠近敞开的窗口侧耳倾听。没错，是音乐。枕边的手表针指着一点过后。到底有谁会在这样的时刻大声放音乐呢？

我穿上长裤，从头上套一件衬衫，穿上鞋子走到门外看看。附近人家的灯光一盏也不留地全关熄了。没有人的气息。没有风，也听不见海浪声，只有月光默默地洗着地表而已。我站在那里，更注意地侧耳倾听。音乐似乎是从山顶传来的。不过那就奇怪了。险峻的山上一个村落都没有，住在那里的只有修道院禁欲的僧侣和一小撮牧羊人而已。他们会在这样的时间聚在一起办热闹的庆典，简直难以想象。

站在户外的空气中时，音乐的声响比在家里时听起来更清晰。虽然无法听出旋律，但从节奏的调子可以知道那是希腊的音乐。那声音里,有乐器现场演奏所特有的锐角性不整齐的声响。不是从喇叭里播放出来的现成音乐。

那时候,我脑子里还清楚记得,夏天的夜晚很舒服,而且有一种神秘的深度。如果心里不是记挂着小堇失踪的事,我甚至会觉得其中含有庆祝性呢。我把双手叉腰,身体挺得笔直,仰望天空,做深呼吸。深夜的凉气清洗着身体内部。说不定小堇现在也正在某个地方听着这同一个音乐呢,我忽然这样想。

我决定朝着听得见音乐的方向走一阵子看看。那音乐是从哪里传来的?是谁在演奏呢?可能的话,我想看个究竟。往山上的路,就是那天早上走到海滩的同一条路,不至于迷路。姑且走到能到的地方去看看吧。

月光把四周照得清晰鲜明,因此走起来一点也不难。月光在岩石和岩石之间形成模样复杂的影子,将地面染成不可解的色调。我的慢跑鞋塑胶底,每踏上小石头就会不自然地发出夸张的声音。随着登上斜坡,音乐的声响也逐渐变大,变得可以明确听出来了。演奏果然是在山上进行的。乐器的组成,有不太清楚的打击乐器和布祖基琴,还有大概是手风琴和横笛之类的。或许也有吉他。除了这些乐器的声音之外,什么也没听见。既没有歌声,也没有人们的欢笑声。只是以连续不断的、几乎可以说是无表情的淡淡步调,继续演奏着。

心情上一方面有想要看看山上可能在进行的事,同时一方面又觉得最好不要去接近那种地方。我心里有压制不住的好奇,同时也有类似直觉的畏怯。不过不管怎么样都不得不往前进。就像梦中的行动一样。那里并没有给我们可以选择的原理。或给我们成立原理所需的选择。

说不定几天前小堇就是在同样的音乐中半夜醒来，在好奇心驱使下，以只穿着睡衣的模样走上这斜坡的吧——我脑子里浮现这样的想象。

我停下脚步转身回头看。下坡路简直像一条巨大的虫子爬过的痕迹般一面滑溜溜地发白一面延伸到村子。我抬头看天空，然后在月光下，不经意地看看自己的手掌。冷不防发现，那已经变成不是我的手了。我无法恰当说明。不过总之我一眼就看出那个了。我的手已经不是我的手。我的脚已经不是我的脚。

承受着青白色月光的我的身体，简直像用抹墙土所塑造出来的土偶一样，缺少了生命的温暖。就像西印度群岛的魔术师所做的那样，有人运用符咒，在那土块里吹进我假借的短暂生命。真实的生命之火并不在那里。我真正的生命正在某个地方睡着了，某个没有脸的人把它塞进皮包里，现在正准备把它带走。

我几乎不能顺利呼吸，被激烈的恶寒所袭。在一个莫名其妙的地方，有人把我的细胞重新排列组合过，有人把我意识的丝线松解开了。我没有思考的时间。我所能做的，只有赶快逃进那个每次避难的地方。我猛吸一口气，然后就那样沉进意识的海底。双手把沉重的水往上拨，一口气往下降，两臂紧紧抱住身旁的大石头。水仿佛要威吓侵入者般重重地压着鼓膜。我紧紧地闭着眼睛，闭着气，忍耐着。一旦下定决心之后，这并不困难。水压，没有空气，寒冷的黑暗，混沌所反复放出的信号，这些立刻就适应了。这是我从小开始就反复无数次练熟了的行为。

时间忽前忽后,相互纠缠,崩溃,重新排列组合。世界无限扩大,同时又被限定住。几个鲜明的意象——只有意象——无声地通过他们自己的黑暗回廊而去。像水母一样,像浮游的灵魂一样。但我刻意不去看那些。如果我稍微显露认出那些形影的举动,他们一定会立刻开始带有某种意思。那意思就那么附着在时间性上,时间性一定会不顾一切地把我推上水面去。我坚强地闭起心,让他们的行列通过。

这样经过了多少时间,我也不清楚。不过当我浮上水面,张开眼睛静静地呼吸时,音乐已经停止了。那些人谜一般的演奏似乎已经结束。我侧耳倾听。什么也听不见。完全听不见什么。音乐、人声、风的吹拂,都听不见。

我想确认时刻,手腕上却没有手表。放在枕边忘了带出来。

抬头望望天空,星星的数目似乎比刚才增加了。不过那或许是我的错觉。我甚至觉得天空本身好像已经变成了和刚才不一样的东西似的。我身体里面那种奇怪的乖离感已经大致消失。我试着伸展身体,弯一弯手臂,曲一曲手指。没有不对劲。只是衬衫的腋下汗湿了,有点冷而已。

我从草地上站起来。开始继续登上斜坡。既然已经来到这里了,总之就走到顶上去看看吧。音乐真的在那里演奏过吗?或没有?光是那迹象我也想去看个究竟。大约5分钟就来到山顶。我走来的南侧斜坡下,可以俯瞰海、港口、静静沉睡的街。少数路灯稀疏地照出沿海的道路。另一方面,山的对面则被包围在一望无际的黑暗中。连一盏小灯都没有。凝神注目时,非常远的前方可以看见另一座山的山棱线在月光下浮现出来。再前面则是凝聚更深的黑暗。但到处都看不出直到刚才为止还进行着热闹庆典的任何迹象。

我真的曾经听到音乐吗？到现在我反而不太有自信了。虽然耳朵深处还轻轻留下痕迹，但随着时间的流逝，确信却逐渐变得含糊而不可靠了。或许本来就没有音乐存在。那可能是某种错觉，使耳朵把完全不同时间和地点的东西拿来搞错了也不一定。毕竟在深夜1点，有谁会聚集到山上去演奏音乐呢？

在山顶上仰望天空时，月亮惊人地迫近，而且显得很粗糙。那是被严酷的岁月所侵蚀过的肌理粗糙的岩石球体。浮在那表面各种形状的不祥阴影，是朝着生命营生的温暖伸出触手的盲目癌细胞。月光使所有在那里的声音歪斜扭曲，洗去含意，迷失心的去向。那使妙妙目击自己的另一种姿态。那把小堇的猫带到不知道什么地方去。那使小堇消失了踪影。那（想必是）演奏应该不存在的音乐，把我带到这里来。我眼前是深不可测的黑暗无尽地延伸出去，背后有淡淡的光之世界。我站在异国的山上，暴露在月光下。我不得不怀疑这一切难道都是从头开始就被周到地设计好的吗？

我回到度假别墅，拿妙妙的白兰地来喝，并打算就那样去睡了。但却睡不着。一点都睡不着。直到东方泛白为止，我被月亮、引力和沙沙的声响紧紧包围。

我想象着在一个紧闭着的公寓房间里，肚子饿得半死的那些猫的样子。那些柔软的小小的肉食兽类。在那里我——真正的我——已经死掉了，而它们还活着。它们吃我的肉，啃着我的心脏，吸着我的血，我脑海里浮现这样的情景。侧耳倾听时，远处某个地方，可以听到那些猫在吸着脑浆的声音。三只体型修长的猫,围着断了的头,正吸着积在里面浓稠稠的灰色的汤。它们红色的粗暴舌尖,正美味地舔着我意识的柔软皱褶。每舔一下,我的意识便像烈日蒸起的游丝一般摇曳着,逐渐淡化而去。

14

小堇依然还是行踪不明。借用妙妙的话,她就像烟一样地消失了。

妙妙搭第三天中午前的渡轮回到岛上来。日本领事馆员和希腊观光警察的值班警官也随着一起来。他们跟本地警察就各种事项进行讨论,展开包括岛民在内的大规模搜索,从护照上拍下小堇的照片,大幅刊登在希腊全国性的报纸上,收集各种情报。结果警察和报社都获得不少联络,但很遗憾都无法成为直接线索。几乎都是些有关别人的情报。

小堇的双亲也来到岛上。不过在他们到达前不久,我已经离开那个岛了。一方面因为马上要开学,但更重要的是我不想在那种地方跟小堇的父母碰面。加上日本媒体也从当地的报纸知道了这事件,而开始跟日本领事馆和当地的警察接触。我跟妙妙说我差不多必须回东京了。而且我再多留在岛上,对寻找小堇好像也没什么帮助的样子。

妙妙点点头。到现在为止,你光是能够留在岛上就已经帮了很大的忙,她说。真的噢。如果你没来的话,我一个人孤零零的也许老早就崩溃了。不过已经不要紧了。小堇的父母亲就由我来想办法跟他们好好解释。媒体我也会适当应对。所以接下来的事你就不用担心了。因为这件事你本来就没有任何责任。只要愿意,我也可以变得很坚强,处理实务我倒很习惯。

她送我到港口。我搭下午的渡轮出发到罗得岛。小堇失踪后正好经过十天。妙妙最后拥抱我。非常自然的拥抱。什么也没说,她把手伸到我背后久久抱着我。她的肌肤在午后炎热的太阳下,感觉不可思议地凉。透过她的手掌,妙妙好像要传达什么给我似的。我可以感觉到。我闭上眼睛,倾听那声音。不过那却是不采取语言形式的某种什么。可能是不应该采取所谓语言这形式的某种什么。我和妙妙在沉默中交换了几件东西。

"你保重。"妙妙说。

"你更要保重。"我说。然后我和妙妙在渡轮码头前沉默了一会儿。

"嘿,我希望你老实回答我,"在临上船时,妙妙以认真的声音问我,"你不认为小堇还活着吧?"

我摇摇头。"虽然没有具体根据,不过我觉得小堇现在好像还活在什么地方。因为时间经过这么久,我却无论如何也涌不出所谓她已经死掉的真实感。"

妙妙交叉着双臂,看着我的脸。

"老实说我也一样,"她说,"我也跟你感觉一样。我想小堇应该没有死。不过同时,也有一种或许再也见不到她的预感。虽然这也没有根据。"

我沉默着。纠结在一起的沉默填满了各种东西的缝隙。海鸥一面发出尖锐的啼声一面掠过没有一片云的天空,咖啡馆里每次看到的那个服务生面带困容地端送着饮料。

妙妙嘴唇抿成一直线思考了一下,然后说:"你恨我吗?"

"因为小堇失踪?"

"对。"

"为什么变成我要恨你呢?"

"我也不知道,"她长久之间勉强隐藏起来的疲倦之类的,稍微从声音里渗透出来,"不只是小堇,我觉得也好像再也见不到你了。所以问问看。"

"我不恨你。"我说。

"不过将来就不知道了吧?"

"我不会随便恨人的。"

妙妙拿起帽子,整整前发,然后又再戴上帽子。好像很刺眼似的眯起眼睛看我。

"那一定是由于你并没有对谁期待什么的关系吧,"她说,眼睛深沉而澄清,就像第一次见到她时那个黄昏的黑暗一样,"我却不是这样。不过我喜欢你,非常喜欢。"

于是我们分别了。船的螺旋桨一面冒起水泡一面往后退出港口,然后慢慢扭转身体似的转了180度的方向,在那之间妙妙站在凸堤的尖端目送着我。她穿着十分贴身的白色连衣裙,为了帽子不被风吹走而不时一面用一只手压着,她站在希腊岛上小港口的身影,虚幻而端正得让人感觉好像不是现实的东西。我身体靠在甲板的扶手上,一直眺望着她。时间在那里一度静止,那光景鲜明地烙印在我记忆的壁上。

但时间再度动起来之后,妙妙的身影便逐渐缩小,变成一个模糊的小点,终于被吸进摇曳的波光里去了。然后街也逐渐远去,山的形状变得不真切,最后连岛本身也仿佛和光晕纠缠在一起似的模糊消失了。别的岛出现,然后又同样地消失。过一段时间之后,我开始觉得我所远离的一切,简直像本来就不曾存在过似的。

或许我应该留下来陪着妙妙的,我这样想。管他的开学。我应该留在岛上鼓励她,一起尽全力寻找小堇,如果有什么难过的事,就紧紧拥抱她、安慰她。我想妙妙是需要我的,我在某种意义上也需要她。

妙妙以不可思议的强度吸引着我的心。

我从渡轮的甲板上,远远眺望着她远离的身影时,才第一次想到这回事。虽然这或许不能被称为恋爱感情,但也相当类似了。我整个身体感觉像被无数的细绳子绑起来了似的。坐进甲板的长椅上情绪久久无法抚平。膝上抱着塑胶运动袋,眼睛一直盯着船尾留下的白色笔直航行痕迹。几只海鸥像要贴近拥抱那航迹似的紧追在渡轮后面。妙妙纤细手掌的触感,简直像灵魂的影子般,一直还留在我背后。

本来打算直接回东京的,但前几天预约的机票座位不知道为什么竟被当作取消处理,因此不得不在雅典住一夜。坐上航空公司所准备的小巴士,住进他们所安排的市内饭店。普拉卡附近给人感觉很好的雅致饭店,但由于德国旅行团的旅客很多,非常嘈杂。想不起什么特别的事可做,于是到市区散步,没有特定为谁,不过也买了小土特产。傍晚一个人登上卫城山丘。并在平坦的岩石上躺下来,一面任黄昏的微风吹拂着,一面眺望蓝色夕暮中灯光下淡淡浮起的白色神殿。一幅美丽而具有幻想性的风景。

然而我当时所感觉到的却是无法比喻的深深寂寥。一回过神时,不知不觉之间有几种颜色已经从包围着我的世界永远消失了。从这空荡荡的感情废墟的没落山顶,可以一眼望穿自己人生的遥远前方。那跟小时候在科幻小说的插画中看到的无人行星的荒凉风景很像。那上面没有任何生命的气息。一天长得可怕，大气温度不是太热就是太冷。载我到那里去的太空船，不知道什么时候已经消失了。我已经哪里也去不了。只能在那里，自己想办法靠自己活下去。

我重新了解到小堇对我来说，是多么重要而不可替代的存在。小堇以唯有她才办得到的做法，把我联系固定在这个世界上。和小堇见面谈话时，或读她所写的文章时，我的意识可以静静地扩大，我能够看到前所未见的风景。我和她可以很自然地心意重叠相通。我和小堇就像一般年轻情侣脱掉衣服互相赤裸相对一样，可以把彼此的心敞开来让对方看。那是在别的场合，跟别的对象，所无法体验到的事，而且我们为了不损伤这种心情——虽然没有说出口——极珍惜细心地相处着。

无法跟她分享肉体的喜悦，不用说，对我是非常痛苦的事。如果能办到的话，我相信两个人都会更幸福的。可是那就像潮汐的涨退，像季节的迁移一样，就算费尽力气，恐怕都是改变不了的事情。在这层意义上，我们可以说是遇到不会有结果的命运。我和小堇所保有的微妙友情般的关系，不管费尽多么大的聪明才智稳健思考，大概都没办法永远继续吧。到那时候，我们手中握有的顶多只有延长的死巷子般的东西。这个我很清楚。

可是我比谁都爱小堇，需要小堇。这种心情并不因为不会有结果，就搁在一边。再说这是一点都不会改变的。

而且我也梦想有一天"唐突的大转变"会来临。就算实现的可能性很小，至少我有做梦的权利。不过当然，那结果并没有实现。

失去小堇的存在之后，我发现我心里有很多东西都不见了。简直像退潮后的海滩上有些东西消失了一样。留在那里的，是对我来说已然不具正当意义的压扁了的空虚世界。一个昏暗而寒冷的世界。发生在我和小堇之间的事，在那个新世界里大概不会再发生了吧。我知道不会了。

每个人都各自拥有某个特定年代才能得到的特别的东西。那就像是些微的火焰般的东西。小心谨慎的幸运者会珍惜地保存，将它培养大，可以当作火把照亮着活下去。不过一旦失去之后，那火焰却永远也回不来了。我所失去的不只是小堇而已。我连那贵重的火焰也和她一起失去了。

我想起"那边"的世界。也许小堇在那边，失去的另一半妙妙也在那边。有黑头发、有润泽性欲的另一半妙妙。她们在那里相遇，终于能够互相填满，正互相爱恋交欢着也不一定。"我们在做着语言所无法做到的事噢。"小堇或许会这样告诉我（不过结果她还是对我"用语言"表示）。

那里到底有没有我立足的地方呢？在那里，我能跟她们在一起吗？当她们激情地相爱交欢时，我或许会躲在某个房间的角落里一面读着巴尔扎克的全集一面消磨时间吧。并和淋浴出来的小堇两个人作长长的散步，谈很多事情（话虽如此，但谈话的大部分照例都是由小堇包办的）。这种圈圈能永远维持下去吗？这是很自然的事吗？"当然哪，"小堇大概会这样说，"不需要一一问吧。因为你是我唯一的完全的朋友啊。"

但我不知道那个世界要怎么去。我用手抚摸着卫城光滑坚硬的岩石肌理,想象着渗进那里、封存进那里的悠长历史。我这个人不管愿意与否,都已经被封闭进那时间性的连续中了。我无法从那里走出去。不,不对——不是这样。结果是,其实我并不希望从那里出去。

明天我就要搭飞机回东京。暑假立刻要结束,再度踏入无限继续的日常中去。那是为我存在的场所。有我的公寓房间,有我的书桌,有我的教室,有我的学生们。有安静的每一天,有该读的小说,有偶尔的韵事。

虽然如此,我大概再也回不去原来的自己了吧。到了明天,我大概会变成别的人。不过周围的人应该不会发现我已经变成和以前不同的人回到日本来。因为从外表看起来一点也没有变。虽然如此,我心中却有什么已经燃烧殆尽、消亡掉了。在某个地方流着血。不知是谁,不知是什么,正从我心中离去。低着头,不说话。门打开了,门关上了。灯熄了。今天是对我来说的最后一天。最后一个黄昏。到天亮时,现在的我已经不在这里。这身体将会有别人进到里面去。

为什么大家非要变得这么孤独不可呢,我这样想。为什么有必要变得这么孤独呢?有这么多人活在这个世界上,个个都在向别人渴求着什么,然而我们为什么非要如此孤绝不可呢?为什么?难道这个星球是以人们的寂寥为营养继续旋转着的吗?

我在那平坦的岩石上仰天躺着眺望天空,想着现在应该正继续绕着地球轨道转的许多人造卫星。地平线虽然仍被薄薄的光线镶出一道边缘,被染成葡萄酒般深红色的天空却已经有几颗星星出现。我在其中寻找着人造卫星的光。但它们的形影要被肉眼看到，天空还太亮了。眼睛看得见的星星全都像被钉子钉牢了似的，一直停留在同一个地方不动。我闭上眼睛，侧耳倾听，想着以地球引力作为唯一的联系牵绊继续通过天空的 Sputnik 的末裔们。它们作为孤独的金属块，在毫无遮挡的太空黑暗中忽然相遇，又再交错而过，并永远分离而去。既没有交换话语，也没做任何承诺。

15

星期天下午电话铃响了。九月新学期开学后的第二个星期天。我那时候正在做过迟的午餐,我把瓦斯全部关掉,立刻拿起听筒。因为我想说不定是妙妙打来通报小堇消息的电话。电话铃的响法有某种急迫的感觉。至少我是这样觉得的。不过那却是"女朋友"打来的。

"非常重要的事,"她很稀奇地省掉礼貌性招呼直接说,"你现在可以立刻到这里来吗?"

从声音的调子听来,好像发生了什么不妙的事情。说不定我们的关系被她丈夫识破了。我安静地吸一口气。如果被学校知道我跟自己带的学生的母亲睡觉,不用说我的处境将很糟糕。最坏的情况,或许会被解雇。不过同时,我也觉得那是没办法的事。这种事一开始就知道了。

"要去哪里?"我问。

"超级市场。"她说。

我搭电车到立川去,到车站附近的超级市场时是两点半。好像盛夏又回来了似的炎热下午,但我依照要求穿上白衬衫,打了领带,套一件浅灰色西装。她说这样看起来比较像老师,应该可以给对方好印象。"因为你有时候看起来像学生一样。"

我在门口问了一个正在整理推车的年轻店员保安室在哪里。他说保安室不在这里，在马路对面别栋的三楼。他所说的别栋是一栋不浮夸的三层楼小楼房，连电梯都没有。水泥墙上裂开的缝隙看起来好像很干脆地告诉你"反正不久也要整栋拆掉的，所以请别太介意"。我走上磨损的狭窄楼梯，在挂有保安室牌子的门上轻轻敲。有粗壮的男人声音回应，我打开门，看见她和她儿子在里面。两个人隔着桌子和穿警卫制服的中年人面对面。没有其他任何人。

就算不能说宽敞，但也绝不小的房间。沿着窗户排着三张桌子，相反的靠墙那一侧则有铁制的衣帽柜。空着的墙面则贴有轮班执勤表，铁制衣帽柜上排着三顶警卫的帽子。里头装有毛玻璃门的另外一侧，好像有假寐用的休息室。房间里完全没有所谓装饰品。没有花、没有画，也没有月历。只有墙上挂的圆形挂钟显得格外大。房间怪空的。好像由于某种原因而被时光之流所遗留下来的古老世界的一个角落似的。有一股香烟、文件和人的汗经历漫长岁月混合在一起的不可思议的气味。

负责的警卫是一个体格矮胖结实的男人，年龄看来大约超过五十五岁，手臂粗粗，头大大，花白的头发密生而粗硬，以气味廉价的发胶勉强压整过。放在前面的烟灰缸，已经被七星的烟蒂塞得满满的。我走进去时，他把黑框眼镜摘掉，用布擦擦，再戴上。看起来那是他跟陌生人见面时习惯性的动作。眼镜拿下时，眼睛看起来像从月球上捡来的石头般冷冷的。眼镜重新戴上时，冷漠的感觉退下，像有力的沉淀物般的东西把痕迹埋掉了。不管怎么样，那都不是以安抚人为目的的视线。

屋子里很热,虽然窗户是敞开的,但风却完全没进来,只有马路上的噪声传进来而已。在红绿灯前停下来的大型卡车,令人想起晚年的本·韦伯斯特的次中音喇叭,发出沙哑的气压式刹车声。大家都流了不少汗。我走到那张桌子前,简单打个招呼,递出名片。警卫默默收下,抿紧嘴唇,盯着看了一会儿。然后把名片放在桌上,抬起头看着我的脸。

"蛮年轻的老师啊,"他说,"工作几年了?"

我假装想了一下。"第三年了。"

"噢。"他说。除此之外什么也没说。不过沉默本身却雄辩地述说了各种事。他再一次拿起名片来,好像要确认什么似的望着我的名字。

"我是警卫主任,敝姓中村,"他报了名字,并没有给我名片,"那边有多的椅子,请随便搬一张来坐吧。抱歉这里很热。冷气故障了。星期天工作人员不来修,也没装电扇之类的灵巧东西,简直活受罪。大概很热吧,所以老师也别客气,脱下西装外套不妨。我想事情没那么快解决,而且光看着,我都觉得热起来了。"

我依他说的搬一张椅子过来,脱下外套。衬衫因为流汗而紧贴在皮肤上。

"不过,我总是想,老师的工作真令人羡慕。"警卫说,嘴角露出干涸了似的笑。不过眼镜深处的眼睛,就像只盯着某些特定动静的深海捕食生物般,探寻着我的底细。虽然嘴巴上是客气的,但那无非只是表面的而已。尤其当他嘴上提到"老师"这字眼时,听起来毫无疑问是充满侮蔑的。

"每年有一个多月的暑假,星期天不用出去工作,不必值夜班,又有年节送礼。真是没得挑剔啊。现在想起来,早知道我在学校时也好好用功,当个老师多好。不过不知道是什么因果关系,结果还是当上超级市场的警卫。脑筋不好吧。我也对我小孩说,长大了要当老师噢。再怎么说,还是学校老师最轻松啊。"

我"女朋友"穿着简单的蓝色短袖连衣裙。把头发利落地盘在头上,两耳戴着小耳环。穿着有跟的白色凉鞋,膝上放着白皮包、奶油色小手帕。从希腊回来以后这还是第一次跟她见面。她什么也没说,以哭过的红肿眼睛轮流看着我和警卫。从脸上表情可以看出已经被整过不少的样子。

我跟她眼光短暂相对,然后看她儿子那边。真正的名字叫作仁村晋一,但在班上大家都叫他"红萝卜"。他瘦瘦的脸长长的,头发毛毛卷卷的,看起来还真像红萝卜。我大多也是那样叫他的。他乖乖的,是个除非必要不太多开口的孩子。成绩算是好的。不会忘记做习题,不会赖掉打扫值日。也不惹问题。不过上课时却不会举手发言,也不会争取领导权。同学并不讨厌他,但他也没有特别受欢迎。他母亲对此觉得相当不满意,不过以教师的立场来看,倒是好得没话说的孩子。

"事情经过您已经听他妈妈说过了吧,在电话里?"警卫问我。
"听说过了,"我说,"是偷东西的事。"
"没错。"警卫说着拿起脚边的纸箱,放在桌上,并往我这边推过来。箱子里放有塑胶包装还封得好好的小型订书机8个。我拿起一个来检查看看。贴着"850圆"的价格标签。
"8个订书机,"我说,"这就是全部吗?"

"是的。这就是全部了。"

我把订书机放回箱子里去。"价格总共是6 800圆吧？"

"是的。6 800圆。您一定是这样想：'当然偷东西是不行。是犯罪行为。可是为什么偷8个订书机要这么小题大做？何况还是小学生嘛！'不是吗？"

我什么也没说。

"没关系呀，如果要这样想的话。事实也是这样。世界上充满了比偷8个订书机性质更恶劣的犯罪。我在这里当警卫之前，也有很长时间当过现场警察，所以很清楚噢。"

警卫一面笔直地看着我的眼睛一面说。我一面注意不要给他带有挑衅的印象，一面一直从正面接住那视线。

"要是第一次的话，店方也不会为损失这么一点的盗窃事件而一一骚动。我们也是做待客生意的，并不想把事情闹大。本来只想把他带到这房间来吓唬一下就算了。要是性质恶劣的话，也只不过联络家里，请他们注意。并不通知学校。这种事情我们想尽量方便稳当地处理掉，这是本店处理小孩子盗窃时的基本方针。

"可是这孩子，这孩子当扒手今天并不是第一天噢。到目前为止光在我们这里，知道的就有三次了。注意哟，三次了噢。而且第一次、第二次，这孩子连自己的名字、所上学校的名字，都顽固地不肯讲出来。因为每次都是我处理的，所以记得很清楚。不管问他什么，叫他说什么，一概不开口。以警察来说就是所谓的完全沉默。既不道歉，也没有反省的样子，反抗性强，态度极其恶劣。我说，要是不说名字的话，我们就送到警察局去，这样也没关系吗？我这样问他，还是不说话。没办法这次勉强叫他拿出巴士的定期票来，才找到名字。"

他停顿了一下,等详细状况完全进入我脑子里。他又再盯着我的眼睛看,我也没转开视线。

"还有一点,偷的东西内容不妙。应该说不可爱吧。第一次是自动铅笔15支。以金额来说是9 750圆。第二次是8个圆规。以金额来说是8 000圆。也就是每次都以一种东西大量一起偷。不是为了自己用的。也许只为好玩而偷,也许拿去卖给学校的同学。"

我试着想象中午休息时间,红萝卜向同班同学推销偷来的订书机的光景。那只是单纯不可能的假想。

"我不太清楚,"我说,"不过为什么非要在同一家店那样明目张胆地偷呢?一连做好几次的话,当然脸也被人家记得了,应该也会加强警戒。被抓的话,处罚应该也比较重。如果想做得顺利的话,通常不是会到别家去吗?"

"这种事问我也很伤脑筋。也许实际上在别家也做呢。或者特别喜欢我们这家店也不一定。或者特别不喜欢我的长相也不一定。我只不过是超级市场的警卫而已哟,不会一一去想困难的事。我领的薪水不包含那些。如果想知道的话,不妨直接问他本人。今天也是,带到这里来已经三个小时了,在这之间这孩子一句话也不肯说。猛一看好像很乖,可是为什么这么难缠呢?所以有劳老师也来一趟。难得的放假日子真对不起。

"……不过,我从刚才就有点担心,您晒得相当漂亮。虽然跟这件事没有直接关系,不过暑假里,您是不是去哪里了?"

"也没去什么特别的地方。"我说。

虽然如此,他还是很仔细地盯着我的脸瞧。简直就像我是问题的重要部分似的眼光。

我再一次拿起订书机,看到细节的地方为止。这是任何家庭和办公室都有的极普通的小型订书机——几乎达到完美程度的便宜事务用品。警卫叼起一根七星,用比克打火机在香烟尖端点上火。然后把脸转向旁边吐着烟。

我转向孩子的方向很沉稳地问他看看:"为什么是订书机呢?"

红萝卜本来一直盯着地板看的,这时静静抬头来看我,但什么也没说。这时我第一次发现,他的面貌跟平常完全不一样。很奇怪没有表情,眼睛没有聚焦,视线里没有所谓纵深这东西。

"是不是被别人威胁所以才做的?"

红萝卜还是没回答。连他是不是了解现在我在这里所说的话,我也不清楚。我放弃了。现在在这里逼问他本人,大概什么也问不出来吧。他把门关闭着,窗户也紧闭着。

"那么,怎么办呢,老师?"警卫问我,"我的工作是巡视店内,用监视器监视,发现有盗窃现行犯就带到这个房间来,我就是领这种薪水的。接下来怎么做则是另一个问题。尤其如果对方是小孩的话,就很难处理。老师,您觉得该怎么处理才好呢?这方面老师们会比较清楚吧?或者干脆报警呢?那样对我来说非常轻松。对一个小孩子我又不能勉强使力,只能做一些没用的事,徒然浪费半天时间而已。"

老实说那时候,我脑子里在想着其他的事。超级市场破落的保安室风景,无论如何总让我想起希腊那个岛上的警察局。而且我不可能不想到小堇。想到她不见了。

所以我有一会儿还搞不太懂,那个男人到底想对我说什么。

"我也会跟他父亲说,要对小孩严加注意。好好告诫他盗窃也是一种犯罪。下次再也不要给人家添麻烦了。"她以缺乏抑扬顿挫的声音说。

"所以希望不要张扬出去,这点刚才你已经说过很多次了。"警卫好像觉得很无聊似的说。他把香烟在烟灰缸上敲敲,把烟灰抖落。然后再一次看我这边。"不过以我来说,我觉得同样的事做三遍,怎么说都太多了。有必要适时阻止他。老师对这有什么想法吗?"

我深呼吸一下,把意识拉回现实世界来。8个订书机,和九月的星期天下午。

我说:"我不跟孩子先谈谈的话,没办法说什么。因为他是从来没惹过问题的孩子,头脑也不坏。为什么会做这么无意义的盗窃,我现在也想不出原因。我想现在跟他花一点时间好好谈谈看。谈话之间一定会找到什么头绪吧。给大家添麻烦真是过意不去。"

"不过,我真搞不懂,"对方在眼镜后面眯细了眼睛说,"这孩子——仁村晋一——是老师带的学生吧?也就是每天在教室都碰面的啊,对吗?"

"没错。"

"因为是四年级了,所以已经在老师班上一年又四个月了,不是吗?"

"是的。我从三年级开始带的。"

"班上总共有几个学生呢?"

"35个。"

"那么应该相当照看得到的啊。可是这孩子会发生问题,您居然完全没料到。您一点预兆都没感觉到吗?"

"是的。"

"可是慢着,这孩子在半年之间,光是知道的就扒过三次,而且每次都是一个人干的。并不是有人威胁他'你去干这个'。既不是出于需要,又不是临时起意。也不是为了钱——听他妈妈说,他有很够用的零用钱。这样看来,这是属于确信犯。为了偷而偷的。换句话说,这孩子显然是有'问题'的,对吗?这种情形不是会有什么预兆吗?"

"如果叫我以教师的立场来说的话,习惯性的窃盗行为,尤其是小孩的情形,与其说是犯罪行为,不如说多半是因为精神性的微妙扭曲而来的。当然如果我多注意一点深入观察的话,或许是会知道,关于这点我应该反省。不过这种扭曲,往往很难从外表预测。可以把这种行为本身单独挑出来当作一种行为,给予该给的处罚,但这并不能立刻就治好。只能找出根本原因,纠正过来,否则将来还会以其他形式出现问题。采取盗窃这形式的孩子有不少是在发出某种讯息,这种情形就算效率很差,也只能花多一点时间跟孩子面对面沟通。"

警卫把香烟揉熄,嘴巴半开,像在观察什么珍奇动物似的长久之间一直盯着我的脸看。他放在桌上的手指非常粗。看起来像十只长了黑毛的肥胖生物一样。看着令我觉得呼吸困难。

"您刚才说的,是不是所谓大学教育学之类的,在课堂上是这样教大家的呢?"

"这倒不一定。因为是心理学的初步,所以任何书上都有写。"

"任何书上都有写。"他面无表情地重复我的话。然后拿起毛巾来擦粗脖子周围的汗。

"所谓精神性的微妙扭曲,到底指什么?嘿,老师,我当警察从早到晚接触的对象,都是一些不只微妙扭曲的人。世界上有很多这种人。可以扫来丢掉那么多。那些人如果都花时间去一一仔细听,认真去思考那里头到底含有什么讯息的话,我身体就算有一打脑浆也不够用。"

他叹一口气,把装订书机的箱子又再放回桌子下。

"大家嘴巴上都说一些非常有道理的事,小孩的心是清洁的。不可以体罚。人生来是平等的。不可以成绩评判一个人。花点时间好好商量解决吧。那也没关系哟。不过,这样世间就会逐渐变好吗?才没有。反而变坏了。那么,人生来就是没有理由平等的吗?这也没听说过。我告诉您,这狭小的日本挤满了一亿一千万人口。如果大家都平等的话,您想一想,那简直是地狱。

"要说漂亮话很简单。只要闭上眼睛,装成看不见,让问题都过去就行了。不要制造风波,让孩子唱骊歌顺利毕业,这就可喜可贺了。当扒手是小孩某种心事的讯息。其他的就不知道了。很轻松噢。最后让谁去擦屁股呢?我们哪。您以为我们喜欢这样做吗?您脸上虽然写着'那只不过是6 800圆的事嘛',可是请站在被偷者的立场想一想。这里有一百多人在上班,大家都为了一圆两圆的价差而争得面红耳赤。收银机的合计如果差了一百圆的话,就得加班查清楚。您知道在这家超级市场上班打收银机的欧巴桑一小时薪水多少钱吗?学校为什么没教学生这种事呢?"

我沉默着。她沉默着。孩子沉默着。警卫主任也好不容易讲累了似的暂时置身于沉默中。别的房间电话短暂地响过一次,有人拿起听筒。

"那么该怎么办才好呢?"我说,"难道要用绳子把孩子绑起来倒吊在天花板下,一直等到他本人道歉说'对不起',才行吗?"

"那样也不坏。不过正如您所知道的,实际上要是那样做的话,您和我都要被砍头。"

"那么,只有花时间耐心谈,没有别的办法。这是我最后的意见了。"

别的部门的人没敲门就走进房间来说:"中村先生,仓库钥匙借一下。"于是"中村先生"在书桌的抽屉里找了一会儿,但没找到钥匙。"没有,"他说,"奇怪,一直放在这里的啊。"对方说有很重要的事,现在非立刻要那钥匙不可。从两个人的口气听来,那是相当重要的钥匙,本来好像不应该放在那里的。他把书桌的几个抽屉都倒出来翻遍了,还是没找到钥匙。

在那之间我们三个人都沉默着。她以倾诉的眼光不时往我这边看看。红萝卜依然面无表情地望着地上。我则漫无边际地想着各种事情。天气非常热。

需要钥匙的男人终于放弃了,一面嘀嘀咕咕地抱怨着一面走掉。

"好了,"中村警卫主任重新转向这边,以毫无表情的事务性声音说,"辛苦了,这样就结束了。接下来的事就完全交给老师和妈妈。不过噢,如果再发生一次同样的事的话,听清楚噢,那时候可更麻烦了,明白吗?我也很怕麻烦,不过工作就是工作。"

她点点头。我也点点头。红萝卜好像什么也没听见似的。我从椅子上站起来时,另外两个人也虚弱地学我站起来。

"最后一句话,"警卫还坐着,抬起头看着我说,"说这种话虽然失礼,不过我还是干脆说了,我看着老师总觉得有什么地方想不通噢。年纪轻轻个子高高,感觉很好,晒得黑黑的,思路清晰。说的话也都很有道理。相信家长的评价也不错吧。不过我说不上来,从第一眼开始我就觉得有什么卡在胸口。有些无法释怀的地方,并不是对老师个人特别找碴,所以请不要生气噢。只是有点挂心而已。到底是什么卡住了啊。"

"我有一个私人的问题想请教,可以吗?"我说。

"请便,什么都可以。"

"如果人不是平等的话,那么您大概是处在什么位置呢?"

中村警卫主任把香烟吸进肺的深处,摇摇头,然后好像对谁勉强推出什么似的,花时间慢慢吐出来。"不知道。不过没关系,因为至少不是跟老师在同一个地方。"

她把红色的丰田赛利卡停在超级市场的停车场。我把她叫到离小孩有一点距离的地方,说你一个人先回家去。我想跟孩子两个人谈一下。事后我会送他回家。她点点头。想说什么,结果没说出口,就一个人上了车,从皮包拿出太阳眼镜来,发动了引擎。

她走了以后,我带着红萝卜走进眼前看见的一家明亮的咖啡店去。并在有空调的室内总算松一口气,为自己点一杯冰茶,为孩子点一客冰淇淋。我把衬衫领口的扣子解开,把领带拿下来放进西装口袋里。红萝卜还躲在沉默里不出来。表情和眼神都和在超市的保安室里时没有改变。看起来好像长期处于失心状态似的。纤细的小手并拢放在膝上,脸避开我的眼睛看着地上。我喝了冰茶,红萝卜则完全没有碰冰淇淋。冰淇淋在杯子里逐渐融化了,但红萝卜似乎没注意到这个似的。我们两个面对面,却像闹不愉快的夫妻一样长久沉默着。女服务生每次有事经过我们这桌时总是一脸紧张的样子。

"发生了很多事。"过了很久我才开口说。并不是我想开始说什么,那是很自然地从心里说出来的话。

红萝卜慢慢抬起头来向着我。但什么也没说。我闭上眼睛叹一口气,又再沉默了一会儿。

"我还没有对任何人说过,不过暑假我去了一趟希腊,"我说,"你知道希腊在哪里噢? 社会课上课时间在录影教材上看过的。在南欧的地中海。有很多岛,出产橄榄。公元前大约500年古代文明很发达。民主主义在雅典诞生,苏格拉底服毒而死。我到那里去。非常美丽的地方噢。不过我不是去玩。我的朋友在希腊一个小岛上失踪了,我去找她。但很遗憾没找到。她静静地消失了,像烟一样。"

红萝卜只稍微打开一点嘴巴,看着我的脸。表情依然生硬地死着,眼睛好像稍微有一点恢复光亮。他确实在听我说话。

"我喜欢那个朋友。非常喜欢。她是比谁都重要、比什么都重要的人。所以我特地坐飞机到希腊的那个岛上去找她。但是没有用。怎么也找不到。这样一来,如果那个朋友不见了,我就没有任何朋友了,一个都没有。"

我不是对红萝卜说的。只是对自己说的而已。只是说出声音以思考事情而已。

"你知道我现在最想做什么吗? 那就是爬上像金字塔一样高的地方。越高的地方越好。最好是周围空旷的地方。我想站在那最高的顶点,以自己的眼睛切实看看,眺望全世界一周,看能看见什么样的景色,现在那里到底失去了什么。不,到底怎么了? 我不知道。或许我其实并不想看。也许我已经什么都不想看了。"

女服务生走来,把红萝卜前面融化掉的冰淇淋收下去。在我前面放下账单。

"我从小时候开始就像是一直一个人活着过来的。虽然家里有父母跟姐姐,但我谁都不喜欢。我跟家里人都无法心意相通。所以我常常想象自己是不是领养的孩子。出于某种原因,从某个远方的亲戚那里领养来。或从孤儿院领养来的。不过现在想起来应该不是吧。因为不管怎么想,我父母都不是会从孤儿院领养孩子的那种人。不管怎么样,我都不太能认可自己和这一家人有血缘关系。我倒觉得自己和他们是完全没关系的人,这种想法对我还比较轻松。

"我经常想象远方的某个地方。在那里有一栋房子,那房子里住着我真正的家人。虽然小,却是让人心安的家。在那里每个人的心意可以很自然地彼此相通,感觉到的任何事情都可以很坦白地说出来。到了黄昏,可以听见母亲在厨房做饭的声音,闻到温暖而美味的气味。那是我本来应该在的地方。我经常在脑子里描绘那个地方的情景,让自己融入那里面。

"实际上我家里有一只狗,家里只有那只狗是我最喜欢的。虽然是一只杂种狗,但头脑非常好,教它一次什么,它永远都记得。我每天带它去散步,我们一起去公园,我坐在长椅上跟它说很多话。我们的心情可以传给彼此。那是我小时候对我来说最快乐的一段时光。可是那只狗在我小学五年级时,在家附近被卡车碾死了。从此以后家里就不再让我养狗了。说狗又吵又脏又麻烦费事。

"狗死了以后,我就一个人窝在房间里一直读书。我觉得周围的世界,不如书中的世界更生动。那里有我没看过的风景无限延伸。书跟音乐成为我最重要的朋友。虽然学校里也有几个比较亲的朋友,可是我并没有遇到能够真正打开心来谈话的对象。只是每天碰面随便聊一聊,一起踢足球而已。就算有什么伤脑筋的事,我也不会找人商量。只会一个人思考,想出结论,一个人行动。但也不特别觉得寂寞。我想那是很平常的。所谓人,终究是必须一个人活下去的。

"但我上大学时,遇到那个朋友,从此以后我的想法就逐渐有一点改变了。我开始明白长久之间一个人思考的话,结果只能想出一个人能想到的份。一个人孤零零的,有时候也会开始觉得非常寂寞。

"一个人孤零零的,就像在下雨天的黄昏,站在一条大河的河口,长久之间一直望着滚滚河水流进大海里时那样的心情。你有没有在下雨天的黄昏,站在大河的河口,眺望过河水流入大海呢?"

红萝卜没有回答。

"我有。"我说。

红萝卜切实地张开眼睛看着我的脸。

"看着大量的河水和大量的海水互相混合,为什么会觉得那么寂寞呢,我不太明白。不过真的是这样。你也不妨看一次试试。"

然后我拿起西装外套和账单,慢慢站起来。用手拍拍红萝卜的肩膀时,他也站起来。于是我们走出那家店。

然后走到他家,步行花了大约30分钟。并排走路之间,我跟红萝卜一句话都没说。

到家附近时有一条小河,上面架了一道水泥桥。感觉还称不上河的程度。只是把排水沟照样放大似的流水。这一带还是一大片农田时,曾经被当作农业灌溉用水吧。不过现在水已经污浊,有一股淡淡的清洁剂气味。甚至连是不是在流着都不太确定。河床茂盛地长着夏季的杂草,被丢弃的漫画杂志翻开着。红萝卜在桥的正中央站定下来,从扶手探出身子往下看。我也站在他旁边,同样地往下看。长久之间我们就那样站着不动。大概不想就那样回家去吧。我了解这种心情。

红萝卜把手伸进裤袋里,从里面拿出一把钥匙,递过来给我。到处都看得到的一般钥匙,附有红色大塑胶名牌。名牌上写着"保管3"。那好像是中村警卫主任在找的仓库的钥匙。可能是红萝卜在某种情况下独自被留在房间时,在抽屉里找到,便快速塞进裤袋里的。这孩子心中,似乎还有很多我所想象不到的谜一般的领域。真不可思议的孩子。

接过来放在手心看看,那钥匙感觉好像沉重地渗进很多人的纠缠粘贴在里面的样子。在太阳的耀眼光线下,显得非常破旧、肮脏、短小。我犹豫了一下,终于干脆把那钥匙丢进河里。溅起一些水花。不是很深的河,但因为水的混浊而看不到钥匙的去向。我跟红萝卜两个人并排站在桥上,俯视着那一带的河面一阵子。钥匙处理掉之后,心情稍微轻松一点了。

"现在拿去还也不是办法,"我好像自言自语地说,"而且别的地方一定还有备份的钥匙。因为是重要的仓库啊。"

我伸出手,红萝卜轻轻握住那手。我手掌里感觉到红萝卜纤细小手的触感。那是很久以前在什么地方——到底是什么地方——体验过的触感。我一直握着那手,走到他家。

到家之后,她在等我们。她已经换上清爽的白色无袖衬衫和褶裙。眼睛红肿。回到家之后大概又一个人一直在哭吧。她先生在东京都内经营房地产公司,星期天不是工作就是打高尔夫不在家。她把红萝卜送进二楼他自己的房间，没让我坐客厅，却带我到厨房用餐的餐桌去。我想大概在那里比较方便说话吧。牛油果绿色的巨大冰箱和岛台，有一扇朝东的明亮大窗。

"脸色好像比刚才好一点了，"她小声对我说，"在那警卫室我第一眼看见这孩子时，真不知道该怎么办。我第一次看见那种眼神。简直像——到另一个世界去了似的。"

"不用担心。时间过去就会恢复的。所以我想给他一段时间，暂时什么也别说，不要管他比较好。"

"后来你们两个做了什么？"

"谈了话。"我说。

"谈了什么？"

"没什么不得了的话。不如说，只是我一个人随便讲而已。好像无关紧要的事情。"

"要不要喝什么冷饮？"

我摇摇头。

"我有时候会觉得不知道该跟这孩子谈什么才好。这种感觉好像越来越强烈了。"她说。

"也不必勉强跟他说话。孩子有孩子的世界。如果想说的话，有一天对方会自己来跟你说。"

"可是，这孩子几乎什么话都不说。"

我们一面注意着身体不要互相接触，一面隔着餐桌面对面，不自在地谈着。就像老师和母亲商量有关问题孩子时，平常会做的那样。她一面说，神经质的双手一面在餐桌上一下交缠，一下伸直，或一下握紧。

我不能不想起那手指在床上对我所做的事。

　　这次的事情没有报告到学校去，我跟孩子长谈之后，如果有什么问题的话我会顺利解决。所以你不用想得太严重。这孩子头脑很好，也很认真，只要时间过去，一切应该就会稳定下来。这是一种一时性的事情。重要的是你自己要先镇定。同样的话我缓慢而稳重地重复说给她听，直到她听进脑子里去为止。她好像因此稍微安心了些似的。

　　她说要开车送我回国立的公寓。

　　"那孩子是不是感觉到什么了？"她在等红灯时问我。当然是指我跟她之间的事。

　　我摇摇头。"你为什么这样想？"

　　"刚才我一个人在家，等你们回来的时候，忽然这样觉得。没有什么特别的根据，只是有一点这样觉得。这孩子感觉相当敏锐，我跟我先生感情不太好他当然也注意到了吧。"

　　我沉默不语。她也不再多说什么。

　　她把车停在我公寓前两条街的停车场。拉起手刹，转动钥匙把引擎关掉。引擎声音消失。空调的风声消失后，不舒服的寂静来到车内。我知道她希望我现在立刻拥抱她。想到她衬衫下面滑溜溜的身体时，我口里一阵干渴。

　　"我想我们还是停止见面比较好。"我鼓起勇气说出口。

　　对这个她什么也没说。双手放在方向盘上，一直定定地注视着油压器附近一带。脸上的表情几乎都消失了。

　　"我想了很多，"我说，"我还是不要变成问题的一部分比较好，为了很多人设想。因为既然是问题的一部分,就不能成为解决方案的一部分了。"

"很多人?"

"尤其是为了你儿子。"

"而且也为了你自己吗?"

"那也有。当然。"

"那么我呢?我是不是也在那很多人里面?"

我想回答在里面。但没办法简单说出来。她摘下深绿色的雷朋太阳眼镜,想想又重新戴上。

"这种事我不想简单说,不过不能跟你见面,对我来说是很难过的。"

"对我来说当然也难过。但愿能一直这样顺利地过下去。但这是不对的。"

她深深吸一口气,再吐出来。

"所谓对不对,到底是什么呢?你能告诉我吗?老实说,我不太知道什么是对的。所谓不对是指什么,这个我知道。可是什么才是对的呢?"

关于这个,我没办法回答。

她看起来好像快要哭出来似的。或想要大声叫出来似的。不过总算压制下来了。只是用双手紧紧地抓住方向盘而已。手背有点红起来。

"当我还年轻的时候,很多人主动过来跟我说话。而且说很多话给我听。快乐的事、美丽的事、不可思议的事。不过超过某个时点之后,就没有人来跟我说话了。没有一个人。我先生、我儿子、我朋友……全都不说话了噢。好像全世界已经没有任何可说的事情了。我有时候会觉得自己的身体好像可以完全透明地看透到对面去似的。"

她的手离开方向盘,举起来在空中照看着。

"不过就算跟你说这些,你也一定不会了解吧。"

我在自己心中寻找适当的话,但没有找到。"今天很谢谢你。"她好像改变想法似的说,那时候已经恢复到快要接近平常的冷静声音了。"今天的事,我想我一个人大概没办法好好处理。因为相当难过。真的幸亏有你跟我们在一起。这个我很感谢。我想你可以当一个非常杰出的老师。现在也已经几乎是了。"

这里头是不是含有嘲讽,我想了想。大概,没错,应该含有吧。

"现在还不是。"我说。她只稍稍微笑一下。那就是我们谈话的结尾了。

我打开副驾驶席的门走到车外。夏季星期天下午的光线,已经完全变淡了。呼吸很困难,站在地面的脚触感很奇怪。赛利卡的引擎发动了,她从我个人的生活领域离去。可能是永远地离去了。她摇下车窗轻轻挥挥手,我也举起手来。

我回到公寓的房间,把流汗弄脏的衬衫和内衣丢进洗衣机,冲过澡洗过头。走到厨房,把做到一半的午餐继续完成,一个人把那吃了。然后身体沉入沙发,准备继续读还没读完的书。但只读了五页就读不下去了。我放弃地合起书本,想了一会儿小堇。然后想到丢进污浊河水的仓库钥匙。想到用力握紧赛利卡方向盘的"女朋友"的双手。一天终于结束,只剩下无法整理的思绪。我花了相当长的时间淋浴,但依然洗不掉渗进身体的香烟气味。而且手上,仿佛还留下用力切断有生命东西的活生生的触感。

我是否做对了呢?

我并不觉得自己做对了事情。我只是做了自认为对自己有必要的事而已。其实其中有一个很大的错误。"很多人?"她问我,我是不是也在里面?

说真的,我当时想到的,不是很多人,而只有小堇。不是在那里面的他们,也不是我们,而是只有不在那里面的小堇。

16

自从在希腊的岛上分别以来,妙妙一次也没有跟我联络。这是相当奇怪的事。因为她曾经跟我约好,不管小堇有没有消息,她一定都会跟我联络的。我既不认为她会忘记我的存在,也不认为依她的个性只是当时随便说说的。也许是因为什么事情,而找不到跟我联络的方法。我想还是由我来打电话给妙妙试试看好了。不过仔细想想,我连她的本名都不知道。也不知道公司的名称、办公室的地点。小堇完全没有留给我这类具体线索。

小堇家的电话有一阵子依然还是同样的录音留言,但不久之后就被切断了。我本来也想打电话到小堇父母家的,却不知道电话号码。当然如果能找到横滨市按职业划分的电话簿,查一下她父亲的牙科诊所应该联络得上,但又提不起劲去这样尝试。我到图书馆去查查看八月的报纸。关于小堇的报导在社会版小小地登过几次。在希腊一个岛上一位22岁的日本女性旅行者下落不明。当地警察正在搜索中。但没有消息。到现在依然毫无音讯。可是只有这样而已。我所不知道的事什么也没写。在海外失踪的旅行者不在少数。她也只不过是其中的一个而已。

我不再去追踪报纸的新闻了。不管她失踪的原因是什么,后来搜查的进展情形如何,只有一件事我很清楚:如果小堇回来了,不管她有什么事,应该都会跟我联络的。对我来说这是最重要的一点。

于是九月结束,秋天转眼就过去,冬天来了。11月7日是小堇的第23个生日,12月9日是我的第25个生日。过了年,学年结束。红萝卜自从那次以后并没有惹出特别问题就升上五年级,换到新班级去了。关于盗窃事件,我并没有和红萝卜再特别谈起过。因为看着他的脸时,我觉得已经没有那个必要了。

幸亏由于换班主任的关系,我也没有再和"女朋友"碰面的机会了。我想这对我和对她都是值得庆幸的。因为一切都已经成为过去的事了。虽然如此,有时候还是会很怀念地想起她肌肤的温暖,也有几次差一点就打电话给她。那样的时候让我及时悬崖勒马的,是那个夏天下午在我手上的超级市场仓库钥匙的触感,是红萝卜小手的触感。

我有时候,不知道为什么会突然想起红萝卜。真是不可思议的孩子——我每次在学校跟他碰面时都会重新再这样想。没有理由不这样想。在那瘦瘦的安稳容貌后面,到底隐藏着什么样的想法呢,我无法顺利推测。不过他脑子里在东想西想各种事情则是可以确定的。而且如果有必要时,他可以迅速切实地去实行,这孩子身上拥有这样的行动力。其中甚至令人感觉到类似深度的东西。那天下午在咖啡店里,我把心中所有的想法感觉老实告诉他,或许是一件好事吧,我想。不管对他也好,对我也好。比较起来,尤其是对我。他——想一想虽然很奇怪——那时候了解我,接受我。甚至赦免了我。在某种程度上。

像红萝卜这样的孩子,我想今后会一直走过许多日子(令人感觉是否会永远继续的漫长成长期),长大成人吧。那想必是很辛苦的。辛苦的事远比不辛苦的事要多得多吧。从我自己的经验,可以预测出那辛苦的概要来。他可能爱上什么人?而那个人是不是能顺利接受他呢?不过不用说,这种事情我现在在这里想也没有用。小学毕业后,他就会到跟我没有关系的更广大的世界去。而我则有我自己该思考的问题。

我到唱片行去,买了伊丽莎白·舒瓦兹科芙唱的《莫扎特歌曲集》CD,听了好多次。我喜爱其中美丽的宁静。一闭上眼睛,那音乐总是带我回到那希腊海岛上的夜晚。

小堇留给我的,除了一些清清楚楚的记忆之外(其中也包含我在那次搬家的黄昏所感觉到的强烈性欲的记忆),就只有几封长信,还有一张磁盘而已。我把那文章读了好几次又好几次。绵密地反复重读到可以记忆和背诵的地步。而且唯有在重读这些的时候,我才跟小堇一起共度时间,和她的心交相重叠。那比任何东西都更亲密地温暖我的心。就像黑夜从穿过茫茫荒野的火车窗户里,看得见远远农家的小灯。那小灯在片刻之间,就被吸进背后的黑暗中消失掉了。但一闭眼,那光点却还暂时淡淡地留在视网膜上。

半夜醒来,就从床上起来(反正睡不着),一个人坐在单人沙发,一面听舒瓦兹科芙,一面重温那希腊小岛的记忆。就像在一页页静静地翻着书一样,回想在那里所遇到的一幕幕情景。美丽的沙滩、港口的露天咖啡馆。服务生背上的汗渗在衣服上的痕迹。我脑子里重新浮现妙妙端正的侧面,从阳台看得见地中海的摇曳波光。一直站立在广场上被刺穿身体的可怜英雄。还有半夜从山上传来的希腊音乐。我鲜明地记起在那里的魔幻般的月光和音乐不可思议的响法。当我被那遥远的音乐声唤醒时，所感觉到的，是遥远的乖离感。就像某种尖锐的东西静静地长时间刺穿我无感觉的身体般，没有实体的深夜的疼痛。

我在椅子上暂时闭上眼睛，然后睁开眼。安静地吸气，吐气。我准备想一点什么，然后什么也不想。但这之间实际上没有太大的差别。事情跟事情之间，还有存在的东西和不存在的东西之间，我找不到明确的差异。我望着窗外。直到天空发白，云在流动，鸟在叫，新的一天站了起来，开始收拾起住在这个星球上的人们的意识为止。

只有一次，我在东京街头看到妙妙。那是发生在小堇失踪已经半年以上、三月中一个温暖星期天的事。天空中乌云没有空隙地密密低垂着，好像立刻就要下雨的样子。人们从早晨就准备了雨伞。我有事到住在都市中心的亲戚家造访途中，在广尾的明治屋红绿灯附近，看见一辆深蓝色的捷豹在塞车的路上前进着。我坐在计程车上，捷豹在左侧的直行车道上跑着。我的目光之所以会停在那辆车上，是因为开车的是一位白发非常醒目的女性。一尘不染的深蓝车体，和她的白发，远远看来依然显得对比鲜明。我因为只看过黑发的她，因此花了些时间才把这两个形象重叠起来，不过那毫无疑问是妙妙。她跟以前一样漂亮，极其洗练。她的头发白得令人倒吸一口气，让人不容易接近，散发着甚至可以以神话性来描述的毅然坚定的空气。

然而在那里的妙妙，已经不是在希腊小岛的港口和我挥手告别的女人了。虽然那才不过是半年前的事，但她看起来仿佛完全变了一个人似的。当然或许因为发色不同的关系吧。可是不只这样。

简直像只剩空壳子一样——那是我对她感觉到的第一印象。妙妙的样子，让我想起人们一个个全离开之后的空房间。有什么非常重要的东西（那像龙卷风般宿命性地强烈吸引小堇，并使在渡轮甲板上的我内心一阵动摇的什么），已经在她身上最后终极性地消失了。留在那里的最重要的意义不是存在，而是不在。不是生命的温暖，而是记忆的寂静。那头发的纯粹的白，难以避免地，让我想象到被岁月漂白的人骨的颜色。一时之间，我吸进去的空气竟然无法好好吐出来。

妙妙所驾驶的捷豹，虽然在我所坐的计程车前面或后面移动着，但她却没留意到我就从近在她旁边的地方注视着她。我也没有刻意跟她打招呼。既不知道该说什么好，而且反正捷豹的车窗也闭得紧紧的。妙妙双手放在方向盘上，背伸得笔直，集中精神在远远的前方风景。也许正在深思着什么。也许正在侧耳倾听着汽车音响播出的《赋格的艺术》。从开始到结尾，她那雪一般严肃的表情始终没有松懈，也几乎没有眨一下眼睛。红灯终于转为绿灯，深蓝色的捷豹笔直地往青山方向前进，我所坐的计程车则留在那里等着依序右转。

我想我们现在都还这样各自继续活着。不管多深刻致命地失落过，不管多么重要的东西从自己手中被夺走过，或者只剩外表一层皮还留着，但其实都已经彻底变成一个完全不同的人了。我们还是可以像这样默默地过活下去。可以伸出手把限量的时间拉近来，再原样把它往后送出去。把这当作日常反复的作业——依情况的不同，有时甚至可以非常利落。想到这里，我心情变得非常空虚。

她也许已经回日本来了，可是无论如何都没办法跟我联络。她也许宁可保持沉默，继续拥抱记忆，甘愿被埋没在某个不知名的偏僻地方。我这样想象。我无法责备妙妙。当然也不恨她。

当时我忽然想到的，是建在韩国北部山中小村的妙妙父亲的铜像。我想象那里的小广场，成列低矮的房子，盖满灰尘的铜像。在那块土地上总是吹着强风，所有的树，都弯折扭曲到超现实的地步。但不知道为什么，那铜像在我心中，与把手放在捷豹方向盘上的妙妙的身影重叠在一起。

一切的事物，或许在某个遥远的地方已经预先注定会悄悄丧失，我想。他们至少以一个互相重叠的身影，拥有将要失去的安静地方。我们只是一面活着，一面像把一条条细绳子拉近那样，一一发现这些吻合而已。我闭上眼睛，试图尽量再多想起一些在那里的美好东西的样子。试图把那留在我手中。就算那只是保有短暂生命的东西也好。

我做梦。有时候那对我来说感觉仿佛是唯一做对的事似的。做梦，活在梦的世界——就像小堇所写的那样。但那并不持久。我总会醒过来。

我在半夜3点醒来，打开灯，坐起身，望着枕边的电话机。想象在电话亭里点起香烟，用按键按我电话号码的小堇的身影。头发蓬松凌乱，穿着尺寸太大的男式人字呢西装外套，穿着左右不成对的袜子。她板着一张脸，偶尔被香烟呛到。花了些时间才终于正确按完号码。但她脑子里塞满了不能不跟我说的话。也许有说到早晨都说不完之多。例如关于象征和记号的不同。电话机看起来好像现在立刻就要响起似的。但它并没有响。我依然躺在那里，一直凝视着继续沉默的电话机。

不过有一次电话铃响起来了。在我眼前真的响起来了。震动着现实世界的空气。我立刻拿起听筒。

"喂。"

"我回来了，"小堇说，非常酷地，非常真实地，"发生了好多大事，不过总算还是回来了。就像把荷马史诗的《奥德赛》缩成50个字以内的缩短版那样。"

"那很好。"我说。我还不太能相信。居然能听见她的声音。居然真的发生了。

"那很好？"小堇（可能）皱起眉头说，"你说什么？我好不容易千辛万苦到快流血的地步，辗转搭乘各种交通工具，才回到这里来——要一一说明简直没完没了，你竟然只能说出这种程度的话吗？我眼泪都快掉下来了。要是不好的话，我的处境到底会变成怎么样呢？'那很好'，我真不敢相信，真的。这么温馨的、充满了不凡机智的台词，你还是留下来给你班上刚学会鸡兔算法的孩子好了。"

"你现在在哪里？"

"我现在在哪里吗？你想我会在哪里？在以前那个令人怀念的古典电话亭里呀。到处贴满阴险金融公司和电话俱乐部的海报，不怎么样的正方形电话亭里。天上挂着一轮好像发霉色调的半月，地上散乱着香烟的烟蒂。四周转着看一圈，到处都看不见任何让人心头暖暖的东西。可以互换的，终究是记号性的电话亭。那么，在什么地方？现在不太清楚。一切都太记号性了。而且你也很清楚我对认地方几乎是很笨的啊。我也无法用嘴巴恰当说明。所以每次都被计程车司机骂：'你到底要去哪里？'不过我想不太远。我想大概相当近。"

"我去接你。"

"如果你肯来接我,那我真高兴。等我查清楚地点,会再打一次电话。反正现在零钱也不太够了。你等一等噢。"

"我好想见你。"我说。

"我也好想见你,"她说,"不能见你以后,我就非常明白了。就像行星体贴地排列成一排一样明确而顺畅地理解了。我真的需要你。你既是我自己,我也是你自己。嘿,我想我在某个地方——某个莫名其妙的地方——不知道割了什么的喉咙了。磨快菜刀,带着铁石心肠。像在打造中国的城门一般,象征性地。我说的话你懂吗?"

"我想我懂。"

"到这里来接我吧。"

她于是唐突地挂断了电话。我手上还拿着听筒,长久望着。听筒这种物体本身好像一种重要讯息似的。在那颜色和形状中仿佛含有某种特别意思。然后我改变想法,把听筒放回原位。我从床上起来,继续等着电话铃再响一次。我靠着墙,把目光焦点集中在眼前空间的一点上,慢慢继续无声地呼吸。继续确认着时间和时间的衔接点。铃声依然还不响。没有约定的沉默一直充满着空间。但我不急。已经不需要再急了。我已经准备好了。我可以到任何地方去。

是吗?

没错。

我下了床。把被太阳晒褪色的旧窗帘拉开,打开窗户。并把头伸出还暗暗的外面仰望天空。没错,一轮好像发霉色调的半月正高挂在天空。这就好了。我们正看着同一个世界的同一个月亮。我们正切实地以一条线联系在现实中。我只要安静地把那线继续拉近就行了。

然后我把手指张开,注视着两边的手掌。我在上面寻找血迹。但并没有血迹。没有血的气味,也没有僵硬。那大概已经安静地渗进什么地方去了。